红气球
世界儿童文学
臻选

我把春天捉住了

梅子涵 编

山东画报出版社

放进孩子的口袋

　　为孩子写作文学，为他们编选文学读本，是一件重要和美好的事。这一件事需要做得很细致、很有眼光，不是简单地拼凑，因为那些故事都是会被孩子们装进口袋背着行走的，它们随时会被重新取出，抚着页面再读一读，为生命前行增添些力气和歌声，这个口袋就是神圣的记忆。

　　人类有许多光彩的职业，个个都是为了人生和世界的。我们这个职业是为了孩子的生命光彩，也是为了自己生命度过的光彩体现，后面这一点是所有职业共同的意义之一。所以，一切的责任不济和敷衍了事，都会给人生和世界带来灰暗和混乱，人生和世界都会反对，我们自己也应当学会反对。因此我抱定宗旨，为孩子们做一切，认真些，细密些，里外都软和、鲜艳些，让他们可以喜悦地奔跳，有些缠绵和美好的流淌……最后可以获得的感激，不仅仅来自儿童和他们的成长记忆，更有神圣之味的是我们自己的记忆，自己的心安理得。有资格感激自己是最高的感激，别人剥夺不了。

我一直记得那一本《红气球》故事里的孩子吹红气球时的无比专注和认真，结果他吹成的红气球总是不会消失，变啊，变啊，最后变成了一把红雨伞，撑在他自己的手里，走向世界，那一份美好，实在浪漫得艳丽而又踏实！

梅子涵

2020 年 2 月 27 日

目 录

日出之国的故事

民间传奇

《最后的蝴蝶》

《种蚕豆的农夫与乌鸦》

《严寒老人》

《花孩子》

日出之国的故事

小狐狸买手套

[日本] 新美南吉

寒冷的冬天从北方来到了狐狸母子居住的森林。

一天早上，小狐狸刚要出洞去，突然啊地喊了一声，两只手捂住眼睛，滚到狐狸妈妈的身边，说："妈妈，眼睛不知扎上什么东西了，给我擦一擦！快点！快点！"

狐狸妈妈吃了一惊，有点发慌。它小心翼翼地把小狐狸捂着眼睛的手掰开看了看，眼睛里什么也没有扎上。狐狸妈妈跑出洞去，这才恍然大悟。原来昨天晚上下了一场很厚很厚的雪，白雪被灿烂的阳光一照，反射出刺眼的光，小狐狸还没见过雪，看到刺眼的反射光，误以为是眼睛里扎进什么东西了。

小狐狸跑出去玩儿了。它在丝绵似的柔软的雪地上兜着圈子，溅起的雪粉像水花似的飞散，映出一道小小的彩虹。

突然，后面发出可怕的声音：

呱嗒，呱嗒，哗啦！

像面粉似的细雪，哗啦一下，向小狐狸盖下来。小狐狸吓了一跳，在雪中像打滚似的，朝对面逃出去好远，心想：这是什么呀？它扭回头瞧了瞧，但什么异常情况也没有，只有雪像白丝线似的从树枝间不停地往下落着。

过了一会儿，小狐狸回到洞中，对妈妈说：

"妈妈，手冷，手发麻了。"

它把两只冻得发紫的湿手，伸到妈妈面前。狐狸妈妈一边呵呵地往小狐狸手上呵气，一边用自己暖和的手，轻轻握着小狐狸的手，说：

"马上就会暖和起来。妈妈给暖暖，很快就会暖和的。"

狐狸妈妈心里想：可爱的小宝宝，要是手上生了个冻疮就可怜了。等天黑以后，去镇上给小宝宝买双合适的毛线手套吧。

黑乎乎的夜幕降临了，把原野和森林笼罩起来，但雪太白了，无论夜幕怎样包，仍然露出雪光来。

狐狸母子俩从洞里走出来。小狐狸钻在妈妈的肚子下面，一边走着，一边眨着滴溜圆的眼睛，好奇地看看这，看看那。

不久，前方出现了一点亮光。小狐狸看到后，就说："妈妈，星星掉到那儿了，是吧？"

"那不是星星。"狐狸妈妈说着，不由自主地停住了脚。

看到镇上的灯光，狐狸妈妈想起了有一次和朋友到镇上去遇到的倒霉事。当时，狐狸妈妈一再劝说，不要偷东西，但朋友不听，想偷人家的鸭子，结果被人发现使劲追赶，好不容易才逃了出来。

"妈妈，站着干什么呀？快点走吧。"

尽管小狐狸在妈妈的肚下催促，可狐狸妈妈怎么也不敢往前走了。它想啊想啊，怎么也想不出一个买手套的好办法，只好让小狐狸独个儿去镇上。

"宝宝，伸出一只手来。"

狐狸妈妈握住小狐狸伸出的那只手，不大工夫，那只手变成了可爱的小孩手了。小狐狸把那只手伸开，握住，又掐，又嗅。

"真奇怪啊，妈妈，这是什么呀？"

小狐狸说着，借着雪光，又仔细端详起那只变了形状的手。

"这是小孩手，宝宝。去了镇上有很多人家。首先要找挂着黑色大礼帽招牌的人家，找到后，咚咚地敲敲门，然后说'晚上好'。你这样做了，人就会从里面把门打开条缝，你从门缝里把这只手，哦，就是这只小孩手伸进去，说：'请卖给我一副合适的手套。'明白了吗？可不能把那只手伸进去啊。"狐狸妈妈耐心地教导着小狐狸。

"为什么要这样做呢?"小狐狸不解地反问道。

"因为人要是知道你是狐狸的话,不但不卖给手套,还要抓住往笼子里关呢!人哪,真是可怕的东西啊!"

"嗯。"

"千万不能把那只手伸进去。噢,要把这只,瞧,把这只小孩手伸进去。"

狐狸妈妈说着,把带来的两个白铜钱,塞进小狐狸的那只小孩手里。

小狐狸在映着雪光的原野上,摇摇摆摆地朝着镇上的灯光走去。

开始只有一个灯,接着出现两个,三个,后来增加到十几个。小狐狸看着灯光,心里想:灯就像星星似的,有红的,有黄的,还有蓝的哪!

不久,到了镇上。大街上,家家户户都已经关了门,只有柔和的灯光,透过高高的窗户,映在街道的积雪上。

不过,门外的招牌上,大都点着小电灯泡。小狐狸边看招牌,边找帽子店。有自行车招牌、眼镜招牌,此外还有很多很多的招牌。那些招牌有的是用新油漆写上的,有的像旧墙壁似的已剥落了。第一次到镇上来的小狐狸,不明白那些到底是什么。

小狐狸终于找到了帽子店。妈妈在路上曾仔细告诉它的。画有黑色大礼帽的招牌，在蓝色灯光的照耀下，挂在门前。

小狐狸按照妈妈教的，咚咚咚敲了敲门，问候道："晚上好。"里面响起咯噔、咯噔的声音。然后，门嘎吱一声开了一寸左右的缝。一道灯光穿过门缝，长长地映在街道的白雪上。

小狐狸的眼睛让灯光一晃，一下子慌了起来，把不该伸进去的手从门缝里伸了进去，说："请卖给我一双合适的手套吧。"

帽子店的人看到这只手，不由得哎呀了一声。他想：这是狐狸手呀，狐狸买手套一定是拿树叶来买了。于是，他说：

"请先交钱。"

小狐狸握着两个白铜钱，老实地交给了帽子店的人。那人用食指弹弹，然后互相敲敲，发出叮叮好听的声音。他想，这不是树叶，是真正的铜钱，便从柜子里取出小孩用的毛线手套，放到小狐狸的手里。小狐狸说了声"谢谢"，就离开了帽子店。它顺着来的路一边走一边想，妈妈说人是可怕的东西，可今天的事却并没让它感到人有什么可怕。

当它正要从一个窗户下走过时，忽然听到人的声音。

啊，这是多么慈祥、多么好听、多么稳重的声音呀！

> 睡吧，睡吧，
> 躺在妈妈的怀里；
> 睡吧，睡吧，
> 枕在妈妈的胳膊上。

小狐狸想，这声音肯定是小孩妈妈的声音。因为每当小狐狸困了想睡觉时，狐狸妈妈也是用这样慈祥的声音，摇着它睡着的。

接着，是小孩的声音：

"妈妈，这么冷的晚上，森林里的小狐狸冷不冷？"

又是小孩妈妈的声音：

"森林里的小狐狸啊，听着狐狸妈妈的歌儿，在洞里就要睡着了。好宝宝快睡吧，看看宝宝和狐狸哪个睡得快。一定是宝宝睡得快。"

小狐狸听到这儿，忽然想起妈妈来了。它飞快地朝着妈妈等候的地方跑去。狐狸妈妈担心死了，正焦急地盼着小狐狸快点回来呢！看到小狐狸回来了，它高兴极了，真想温柔地把小狐狸抱在怀里大哭一场。

狐狸母子返回了森林，月亮出来了，狐狸的毛闪着银光，它们的身后留下了一串蔚蓝色的脚印。

"妈妈，人一点儿都不可怕呀。"

"你怎么知道？"

"我伸错手了，我把真的手伸出去了。可是帽子店老板也没有抓我呀，还卖给我一双这么暖和的手套。"说着，小狐狸啪啪地拍了拍戴着手套的两只小手。

"看你高兴的！"狐狸妈妈不敢相信地嘀咕道，"人真的有那么好吗？人真的有那么好吗？"

[桂丽蓉　译]

牵手阅读

　　人类世界和动物世界其实是互通的，小孩妈妈和狐狸妈妈对自己宝宝的爱都是真挚而伟大的。当你们下次见到狐狸妈妈的时候，可以温柔地告诉它："不要害怕我们哦。"

月夜和眼镜

[日本] 小川未明

村镇、田野，到处都掩映着树木的绿叶。

这是一个宁静、月儿明亮的夜晚。恬静的村镇头上住着一位老奶奶。现在，她一个人坐在窗下做针线活。

油灯的光亮平静地照射着屋子。老奶奶已经上了年纪，两眼昏花，纫不上针。她在油灯下反复地瞧着针眼，多次用她那满是皱纹的手指捻着细线，纫呀纫的。

月亮向世界倾泻着淡蓝色的柔和的光。树木、房屋、山冈——一切一切仿佛都沉浸在清澈的水里。老奶奶一边做针线活，一边想心事。她想的可有意思啦！想自己年轻貌美的时代，想远方的亲戚，想住在别处的孙女。

周围有多静啊！只有闹钟在柜橱上发出嘀嘀嗒嗒的声音。偶尔也可以听见从熙熙攘攘的闹市那边传来的叫卖声和电车隆隆行驶的声音。

老奶奶迷迷糊糊地坐在那里，好像在做梦一样。或许，她已经忘记自己现在在干什么了。

外边有人敲门。老奶奶竖起已经有些聋的耳朵仔细听。按理说，这个时间不应该有客人来。老奶奶心里想，大概是风声吧。风总是这样漫无目标地吹过原野和村镇。

窗外边响起轻轻的脚步声，这下子老奶奶可听见了。

"老奶奶！老奶奶！"谁在外边叫。

老奶奶疑心自己没有听准，她停下手中的针线活。

外边的声音还在叫："老奶奶，请把窗户打开！"

这是谁呢？老奶奶思忖着，站起身来打开窗户。淡青色的月光把外边照得像白天一样亮。

窗下站着一个个头不高的男人。他戴着黑眼镜，蓄着胡须，抬头看着窗户里边的老奶奶。

"你是谁呀？我不认识你。"

老奶奶不认识他，疑心他找错了门。

"我是卖眼镜的。我现在带着各种各样的眼镜，很多。我是头一次到这个地方来。这个镇子真漂亮，让人心情真舒畅，加上今天晚上月亮好，我就出来做生意了。"男人对老奶奶这样说道。

老奶奶正为眼花纫不上针发愁呢，赶忙问他："有没有我戴着合适的眼镜？"

男人打开手里提着的箱子，在里边寻找适合老奶奶戴的眼镜。一会儿，他拿出一副玳瑁镜框的大眼镜，递给窗子里边的老奶奶。

"保证您什么都看得一清二楚！"

窗外男人站着的地方，白色的、红色的、蓝色的，各种各样的花，在月光下开放，散发着幽香。

老奶奶试着戴上眼镜，她能清清楚楚地看见闹钟上和日历牌上的每一个数字。老奶奶甚至觉得自己一下子回到了几十年前做姑娘的时代。那时候就是这样，什么都看得清楚极了。

老奶奶非常高兴，对男人说："好，我就买这副眼镜啦！"于是，老奶奶买下了这副眼镜。

戴着黑眼镜、蓄着胡须的卖眼镜男人收过钱，转身走了。他的身影虽然消失了，但那些花草仍然在月夜里散发着芬芳。

老奶奶关好窗子，回到原来的座位上。戴上眼镜，可以轻松容易地穿针引线了。老奶奶一会儿戴上眼镜，一会儿又摘下来，就像一个孩子得到一件稀罕的宝贝一样。因为老奶奶从来没有戴过眼镜，透过镜片，看到周围好像都变了样。

老奶奶又摘下眼镜，把它放在柜橱上的闹钟旁边。时间已经比较晚了，该休息了，于是，老奶奶开始收拾针线。

日出之国的故事

这时，外边又有人咚咚地敲门。

老奶奶竖起耳朵听了听，嘴里嘟囔着："今天晚上真怪，又有人来啦，都这么晚了……"老奶奶抬头看看闹钟。尽管外边月光明亮，实际上夜已深了。

老奶奶站起身来，向门口走去。看来，敲门的是一只小手，咚咚的声音显得十分可爱。

老奶奶嘴里虽然嘟囔着嫌时间太晚，但还是打开房门。一个十二三岁的漂亮的女孩子，两眼红红地站在门口。

"你是哪家的孩子，这么晚来找我？"老奶奶吃惊地问道。

"我在镇上的香水工厂做工，每天把从白玫瑰中吸出来的香水装进瓶子，所以，每天回家很晚。今天下班以后，我看到月光很好，就一个人走着赏月，结果被石头绊了一跤，把脚趾碰破了一大块，血流不止。我疼得受不了，可是家家户户都睡觉了。走到您家前面，看见您还没睡。我知道您是一位热心和蔼的老奶奶，就敲了您的门。"留着长发的漂亮小姑娘对老奶奶说。

听小姑娘说话的时候，老奶奶感到她身上散发出沁人肺腑的芳香，香味扑鼻。老奶奶问她："这么说，你以前就知道我了？"

"知道。我总从您家门前经过，经常看见您在窗下做针线活。"

"你真是个好姑娘。来，让我看看你受伤的脚趾，给你上点药吧。"老奶奶说着，把小姑娘领到油灯旁边。小姑娘伸出她可爱的小脚，雪白的脚趾上流出红红的血。

"哎呀！真可怜，让石头碰得这么厉害！"老奶奶嘴里这样说着。其实她眼前花花的，根本看不见血是从哪儿流出来的。

"我把眼镜放到哪去了？"老奶奶在柜橱上找着。她在闹钟旁边找到眼镜，戴上，要好好看看小姑娘的伤口。

老奶奶仔细地端详着这个经常从自己家门前走过的美丽的小姑娘的脸庞。老奶奶愣住了——这哪里是小姑娘，分明是一只小蝴蝶！老奶奶想起人们的传说：在静静的月夜里，经常有一只小蝴蝶变成小姑娘，拜访夜深未眠的人家。小蝴蝶的一只前脚受了伤。

"好孩子，到这儿来！"老奶奶和蔼地招呼小蝴蝶。老奶奶起身走出房门，向后花园走去。小姑娘沉默着跟在老奶奶身后。

花园里，各种花在盛开。白天，总有许多蝴蝶和蜜蜂聚集在这里，一片热闹的景象。现在，这些蝴蝶和蜜蜂大概都在花丛里休息，做着甜蜜愉快的梦吧。周围一片寂静，只有淡蓝色的月光洒在地上。墙根下，白色的玫瑰花根深叶茂，开放着白雪一般洁白的花朵。

"姑娘哪儿去啦？"老奶奶忽然停下脚步，回头张望。本来跟在自己身后的小姑娘不知什么时候不见了。也听不见脚步声，更没看见她的身影。

"大家都休息啦，我也该回去睡觉了。"老奶奶说着，转身走进家门。

这真是一个良宵月夜。

[李佩、刘子敬　译]

牵手阅读

独居的老奶奶度过了一个月色迷人的夜晚，她佩戴上眼镜仿佛重返青春，还有突然来访的小蝴蝶为她驱散孤独、寂寞。老奶奶夜深未眠，只是因为思念孙女和远方的亲戚吗？改天，让我们一起去拜访一下这位老奶奶，听听她的答案吧！

金色的星星

[日本] 滨田广介

　　在离天河不远的地方，一并排有三颗小星星。说来也巧，这三颗小星星是同月、同日、同时生的，可它们彼此都不一样：一颗是蓝的，一颗是红的，第三颗最小，似乎没有什么颜色，只有一点儿微弱得可怜的光。

　　每当太阳落山时，这三颗小星星就各自坐在出生的地方，放射着光芒。但是，在天黑以前，有一件事儿，这些小星星一定得做。什么事儿呢？就是它们必须从天河里打来第二天做早饭用的水。若不这样，万一遇到夜间下雨，会把干净的水弄浑，那就不能用来做饭了。

　　一天傍晚，三颗小星星各自拎着一只小水桶，到天河边上打水去。三颗小星星并排站在天河边上，眺望着美丽的晚霞和映在水里的彩云。

　　它们小心翼翼地用桶打满了水，红艳艳的晚霞映在水桶里。

"啊……真美！"

"真的！好像云彩燃烧起来啦。"

"嘿，我的桶里也是。"

三颗小星星一面说话，一面离开河边，不时瞟着自己的水桶。快到家了，晚霞的余晖，美丽的云彩，都从水桶中消失了。

不过，随着夜幕降临，桶中的水面上又发出光彩，这是星星们各自的身影。瞧那星星们一张张脸儿，非常漂亮。在红星的水桶里映着红脸儿，在蓝星的水桶里映着蓝脸儿，可是，在第三颗星星的水桶里，好像没有什么光亮，只映着一张冰冷的脸儿。

"瞧，我的脸多像一块蓝宝石呀！"

"喏，我和红宝石一模一样。"

两颗星星肩并着肩，兴高采烈地边说边走。第三颗小星星默默地跟在它们后边。

不一会儿，它们来到三岔路口。这儿有一棵老树。它们发现树根下有一个黑乎乎的东西在蠕动，三颗星星停下来。

"啊！原来是喜鹊。你怎么上这儿来了？"

"它怎么了？"

红星和蓝星把水桶抱在胸前，伸长了脖子观望。

喜鹊躺在地上，双腿弯曲，两眼紧闭。仔细一瞧，原来它浑身沾满了污泥。

"哎呀！满身是泥。"

"是从哪里到这儿来的？"

喜鹊还活着，它的翅膀奄拉在地上，两条腿不住地哆嗦。

"怪可怜的！"

"可咱们有什么办法呢？"

红星和蓝星这样说。第三颗小星星站在旁边，默默地望着喜鹊，对两颗星星说："我给它洗一洗。"

"这不是明天做早饭用的水吗？"红星说。

第三颗小星星不听，它走近喜鹊，放下水桶说："你弄成这副样子，怎么能飞呢？想飞也飞不起来。"小星星说着，一捧一捧地把水浇在喜鹊的脸上。红星和蓝星彼此看看，站在一边，一声不响。这时天色渐渐黑了，星光更加明亮。它俩想早点回去，放出比其他星星更加耀眼的光芒。

"咱们先走吧。"蓝星说。

"好，咱们先走。"红星说罢，便和蓝星一起走了，留下了小星星。

"啊！这儿也沾满了泥。"小星星自言自语地说，用指尖轻轻地把喜鹊眼眶里的泥沙弄干净，用水冲洗着。喜鹊渐渐地恢复了元气，它挺了挺身子，一下就睁开了眼睛。喜鹊的眼里闪射着金色的光芒。第三颗小星星大吃一惊，目不转睛地盯着喜鹊，那金色的光芒越来越强烈，令人目眩。接着喜鹊抖动了一下翅膀，意味深长地叫了一声，一下子飞起来。

"再见，小喜鹊！小心点儿飞呀！"小星星亲切地叮嘱着。

喜鹊的眼睛里放射着耀眼的光芒，迅速飞去了。天已黑尽，可小星星还得再到天河去打水。它拎着空桶急急忙忙地向天河走去。

在那广阔的河畔，这个时候已经没有人来打水了，四下静悄悄的。小星星摸着黑，打满一桶水，又急急忙忙地往回赶。天虽然很黑，但幸好这条路它很熟，没有跌跤。它走着走着，突然发现小水桶里闪烁着一颗金色的星星。

"啊！这……"

小星星高兴得失声叫嚷着。它停住脚步，仰望天空，寻找着这颗金色的星星，却找不到。因为这颗星星就是它自己。这颗金光闪闪的星星非常好看，它的光芒并不是从它脸上或身上放射出来的，而是从它善良的心中放射出来的。请你看看日落以后的天空，在那无数的星星中，你准能看到这颗金光闪闪的小星星。

[王敏　译]

牵手阅读

　　第三颗小星星耀眼的光芒来自它温柔善良的心灵，这不同于蓝星星和红星星的光，是世界上最耀眼最美丽的色彩！夜幕里闪烁的金色的星星，原来是在提醒我们做一个善良的人呀。

最后的蝴蝶

[日本] 立原惠理佳

秋季在九月的某一天突然光临大地。昨天还颇具威力的太阳，就像中了魔法，变得软弱无力了。凉风在空中打着旋儿。

原野上，大波斯菊含笑怒放，争妍斗艳，不住地摇曳，仿佛要融化在风中。

一位少年从花海中蹚过。

在一簇白花后面，他发现了一个穿浅黄色裙子的少女坐在花丛中，一动也不动。

怎么了？

少年想去搭话，可声音好像在喉里冻结了，发不出来。少女忧虑的目光使少年不由得停下了脚步。

"怎么变得这样冷呀？"

少女突然张开美丽的小嘴问道。

"冷吗？哪里的话！虽说夏季在昨天骤然消失，可毕竟才九月份呀。秋高气爽，多么令人心旷神怡呀！说冷，还太早了吧？"

听完少年的话，少女紧紧抱住自己细细的双臂。

"不对嘛，现在可真冷噢……"

"你生病了吧？瞧，脸色苍白。大好的天里发冷，准是发烧了。"

少女没有回答少年的问话，只是伸出纤细的手指抚摸着片片花瓣。

少女轻轻地用嘴唇吻着每一朵花，陶醉在花儿的世界里，仿佛忘记了身旁有一位不相识的少年。

"你在干什么呀？"

少年不解地问。好奇心驱使他留了下来。

"在和大波斯菊们道别呀。我们要分手了，我要送给花儿们我最后的吻。"

少年被少女的柔情深深感动了，和即将枯萎凋零的大波斯菊一朵一朵地吻别……心地多善良啊！

"你就这样和原野里所有的花儿道别吗？"

"嗯。和大伙儿道完别，就意味着再也见不着了……"

"那你每天都得上这里来吗？这儿有数不清的花朵呢。"

"是的，我天天来。夏天也来，那时花儿更多哩，每天日子都是那么长，那么长。"

少女双眼伤感地望着远方。

少年心想，如果你每天来，我也来。

秋意一天更比一天浓。

每当夕阳收回它最后一抹金光的时候，少年总要来到原野。

少女照例天天都飘浮在花丛中。

"再见，再见……"

少年偷偷地倾听着少女和花儿颤抖的私语。

原野上的花儿全部凋落了。那个傍晚，少女终于说："我得走了。"

"去什么地方？"

少年拦住已缓缓起步的少女，追问道。

"什么地方？一个不得不去的地方呀。"

"那我也一块儿去，好吗？"

少女扑哧笑出声来。

"你可以不去。要去的只是我一人。"

少女低声说完后，用细长的手指在樱唇上按按，迅速轻点在少年的脸颊上。

"这是和你的吻别。"说完，少女转身跑开了。少年在她身后紧追不舍。

走出原野，穿过树林，少女来到小河边。夕阳在悠悠流水上洒下了无数玫瑰色的波光。

"你来这种地方干什么？"

少年环视了一下周围。四处静悄悄的，只有风儿在浅吟。

"我在这儿等一艘扬着风帆的玻璃小白船。"

少女梦呓般地喃喃低语着。

"乘玻璃船吗？"

"是的，我将乘着它到一个遥远的国度去。"

可是等了老半天，那艘船都没有来。

晚霞悄悄地隐去，四周已是一片朦胧，万籁俱寂。

少年偷偷地笑了，因为等船的少女困得伏在他的膝上睡着了。

当繁星在深邃的夜壁上调皮地眨着眼睛的时候，少年发现，少女的背上有一对弄脏了的翅膀。那薄薄的翅膀已经受了伤。不一会儿，他又看见了从遥远的银河驰来的那只玻璃船。它是专程来接留在地球上的最后的一只蝴蝶的。

[戴红　译]

牵手阅读

这是一个唯美伤感的故事。蝴蝶与夏天的姹紫嫣红告别，情愫初动的少年不得不与少女分离，隔着一整个星球遥遥相望。秋天结束后将由更为寒冷萧瑟的冬天接班，可是不要忘了英国诗人雪莱说的这句："冬天来了，春天还会远吗？"下一个春天美好依然。

红鬼的眼泪

［日本］滨田广介

不知道是哪儿的一座大山，山崖下边有一所房子。

大概是樵夫住的吧。

不，不是的。

那么，一定是狗熊住在里面了。

不，也不是的。

那儿只住着一个红鬼。那个红鬼的体形、相貌都和小人书上画的那种鬼截然不同。但是，他同样瞪着两只大眼睛，头上长着仿佛犄角一样尖尖的东西。

因此，人们都认为他仍然是一个不可轻视的怪物。然而，事实并非如此。他是一个既善良又天真的小红鬼。小红鬼正年轻，力气很大，他却从来不欺负自己的伙伴。哪怕是一些比他还小的鬼淘气地向他扔石头，他也一笑了之。

是的，这个红鬼的确具有一种与其他鬼不同的气质。他常想：

"我生来是鬼，应该尽量做些有益于鬼的好事。不仅如此，可能的话，我也很想成为人的好朋友，和人亲密地相处下去。"

后来，他再也不能把这种想法默默地埋在心底里了。

有一天，红鬼终于在自己家门前竖起一块告示牌。他在牌子上用浅显易懂的日文字母写了几个短句子：

这是心地善良的红鬼的家。

欢迎大家来做客。

这儿有美味的点心。

还烧有热茶恭候大家。

第二天，一位樵夫从山崖下的这所房子跟前路过，无意中看到这块告示牌。

"这儿怎么会立了一块告示牌？"

定睛一看，是用谁都能读懂的字母写的。樵夫赶紧又看了一遍，心里感到非常奇怪。意思虽然懂了，但却觉得蹊跷。樵夫又歪着头细细看了几遍，然后匆匆下山去了。山脚下有个村子，在村子里他遇上了平日熟悉的另一个樵夫。

"我今天碰见一件稀奇事。"

"啥事呀？难道是大晴天遇上下雨了不成？"

"不，不对！是一件最最稀奇的事，顶顶新鲜的事！"

"啊？什么新鲜事呀？"

"鬼立了一块告示牌！"

"什么？鬼立了告示牌？"

"对啦！是鬼立的告示牌，这可是从来没听说过的事儿。"

"上面写了些什么？"

"去看看吧！看看你就知道了。"

于是，两个樵夫一同沿着弯弯曲曲的山路再次来到山崖下鬼的家门前。

"瞧，就是这儿。"

"哦！果然如此。"

后来的那个樵夫也凑上前去读了起来：

> 这是心地善良的红鬼的家。
>
> 欢迎大家来做客。
>
> 这儿有美味的点心。
>
> 还烧有热茶恭候大家。

"哦，真是件怪事呀！这的确是鬼写的字。"

"那当然。你看这字，是用了很大力气写成的。"

"看上去态度还蛮诚恳的。"

"如此说来，字句的意思是没有一点虚假的。"

"咱们进去看看吧？"

"别急，还是先在外面悄悄地看看再说吧。"

屋子里的红鬼静静地听着两个樵夫的谈话。这门口一抬腿就能进来，可是两个人谁也不想进。看见两个人磨磨蹭蹭的样子，红鬼非常着急。两个樵夫好像在伸着脖子向屋里窥视着。

"里面似乎静悄悄的嘛。"

"他真坏。"

"是不是想把我们骗进去吃了？"

"嗯，有可能。危险，太危险了。"

两个樵夫看来有些畏缩了。红鬼一直在侧耳细听，当他听到这里，不禁感到委屈，便气呼呼地说：

"真是岂有此理，谁要骗你们吃了？你们不要小瞧人！"

诚实的红鬼连忙从窗子伸出头来，一下子露出他那通红的面孔，同时高声喊道：

"喂，樵夫老乡！"

这声音在人的耳朵里听来有如惊雷一般。

"哎呀，可了不得啦！"

"鬼来啦！鬼来啦！"

"快跑，快跑啊！"

红鬼根本就不想去追赶两个樵夫，可是他们俩却脚跟脚地跑开了。

"喂，请你们等一等！我不骗你们！请你们站住，我这儿真有好点心好茶！"

红鬼跑到屋外打算把他们叫住。可是，也许是胆怯的缘故吧，两个樵夫头也不回，匆匆忙忙、跌跌撞撞地朝山下跑去了。

红鬼感到非常失望。这时他才发现，自己是光着脚跑出来的，这会儿正站在灼热的地面上。

红鬼抱怨似的把目光转向自己立起来的告示牌上。这块木板是自己动手刨平、锯断、钉成的，字也是自己写的，又是自己高高兴兴把它竖起来的。虽说花了这么多力气，却没有收到一点效果。

"立了这么块牌子也没有用。即使天天做点心，每天烧茶水，也不会有谁来玩。真是白费劲儿，实在是太气人了。"

善良、诚实的红鬼也心烦意乱起来了。

"嘿，这块破牌子，弄碎算啦！"

说完，红鬼伸手把牌子拔出来，砰的一声扔在地上，然后用力踩了几脚。木板嘎吱一声就裂开了。红鬼感到心里十分烦躁，像折筷子似的又把告示牌的立柱折断了。

正在这时，一位客人突然来到了红鬼的家门前。说是客人，其实也不是人类。他也是个鬼，是红鬼的好伙伴。但不是红鬼，而是个青鬼，是个从头到脚都发青的青鬼。

这个青鬼住在很远很远的深山里，他的家是一座石头房子。这天早晨他从家里出来，驾着云雾落到半路这座山上。这时，青鬼毫不客气地一边靠近他一边说道：

"怎么搞的？这种野蛮的事情可不像你能干得出来的呀！"

红鬼一时感到非常难堪，脸上现出害羞的样子。但是他立刻又恢复了常态，把自己为什么这样生气一五一十地向青鬼讲了一遍。

"原来是这么回事呀！我偶尔来玩一次，却看见你为这种事发愁。要是为这些事发愁，那可就没完没了啦！来，我告诉你，这么办就很简单嘛！回头我到山下的村子里去一趟，好好闹腾闹腾。"

听到这里红鬼有些慌了，急忙说：

"别……别开玩笑了。"

"不是玩笑，你听着。在我闹腾得正起劲的时候，你突然出现在那里，然后按住我，朝我的头上狠狠地揍几拳。这样一来人们才会夸奖你。对不对？一定是这样的。这样就万事大吉了。人们就可以放心大胆地到你这儿来玩啦。"

"嗯，这倒是个好主意，只是有点太对不住你了。"

"哪里，没关系的，别说废话了。总之，要干好一件漂亮事，不付出点代价是不行的。需要有人做点自我牺牲才行。"

青鬼眼里露出很难过的神色，但仍旧非常干脆地说："怎么样，就这么定下来吧？"

红鬼沉思着没有吭声。

"怎么，你还在打啥主意？不能再犹豫了。快走吧！赶紧干吧。"

青鬼拉着不想动身的红鬼的手，催促着说。

红鬼和青鬼一同朝山下走去。山脚下就有个村庄，村头有户人家。这户人家的四周用很低的竹栅栏围着，屋旁的百日红开满了通红通红的鲜花，鲜花正迎着阳光含笑吐艳。

"怎么样？说定了，你过一会儿可要来呀！"

青鬼耳语般地悄声说了这么一句，随即拔腿朝屋门前跑去。然后突然一边用力踢门一边大声喊道：

"我是鬼，快开门！"

屋子里，老爷爷和老奶奶正在吃午饭。大中午的，突然看见鬼站在敞开的门口，两位老人吓得魂不附体，起身跑开了。

"鬼，鬼来啦！"

老爷爷和老奶奶不停地喊着，一同从后门逃了出去。

青鬼并没有去理睬跑开的老爷爷和老奶奶，进屋后见啥摔啥，锅碗瓢勺扔了一地，就连饭盆也给摔了。饭粒四处飞溅，弄得窗棂上、柱子上到处都是。酱锅也给搬倒了，酱汤顺着炉边滴答滴答地往下流。咣当、哗啦、叮咚、吧嗒……就这样，青鬼在屋里闹个不停，一会儿蹦，一会儿跳，一会儿拿大顶。

"怎么还不来呢？"

青鬼心里正暗自着急，就在这时，作为对立面的红鬼气喘吁吁地跑了进来。

"在哪儿？在哪儿？那个蛮不讲理的家伙在哪儿？"

红鬼握紧拳头大声喊着，一发现青鬼就立即跑了过去。

"呀！你这坏蛋！"

红鬼口里骂着，同时揪住青鬼，用力卡住他的脖子。

然后对着他那硬邦邦的脑壳，扑哧就是一拳。青鬼缩着脖子小声说：

"你继续使劲打吧！"

于是红鬼就噼里啪啦地打了起来。村里人都躲在暗处提心吊胆地偷偷瞧着这边。他们的确看到了红鬼正在狠狠地揍那个野蛮的青鬼。尽管如此，青鬼却还在小声叮嘱红鬼：

"不够劲！再狠点揍！"

红鬼轻声说：

"行了吧？你快跑吧！"

"好，那我就跑啦！"

青鬼从红鬼的胯下钻出去跑开了。他装作惊慌失措的样子，刚要出门的时候，又故意做了个把头撞到门框上的动作。谁知用力过猛疼得青鬼直叫：

"哎哟，好疼！"

红鬼顿时一惊，急忙跑过来担心地问道：

"阿青，让我看看，疼得厉害吗？"

青鬼没想到会把自己青青的额头再撞个大青包。他一边揉着一边跑开了。村民们被这个场面吓得目瞪口呆，在后面眼看着两个鬼跑出了村子。

两个小鬼的影子已经远远地消失了，这时候人们才开始互相议论起来。

"这到底是怎么回事儿？"

"我还以为鬼都是些野蛮的家伙呢。"

"那个红鬼的确和别的鬼不一样。"

"对，一点不错！由此看来，那个红鬼还是蛮善良的。"

"是吗？这么说，咱们还是赶紧到那儿去喝茶吧！"

"对！快走啊！马上去还不算晚。"

人们就这样你一言我一语地嚷开了。

村里的人们都放心了，当天就都进山了。大家站在红鬼的屋门前，轻轻地敲着门叫道：

"阿红，阿红，你好啊！"

红鬼听到有人在叫，便一跃跳到门外，满面笑容地迎了出来。

"欢迎，欢迎！请，快请进！"

红鬼急忙把大家接进客厅。客厅很朴素，木墙、木地板，就连天花板也是用树皮装饰的。圆圆的餐桌、短腿的椅子，统统都是用木头制作的。所有这些都是红鬼自己亲手做成的。墙壁上端端正正地挂着一幅油画。油画的画框也是红鬼自己用漂亮的白桦树皮做成的。油画本身是红鬼精心画出来的。画面上画着一个鬼和一个人类的小孩。天真活泼的小孩骑在红鬼的脖子上，正冲着外面看画的人。画上画的这个红鬼大概就是他自己吧。油画以六月时节翠绿的庭院为背景，生动地描绘了笑容满面的红鬼和一个小孩的形象。人们环视了一下房内，然后一屁股坐到了红鬼亲手制作的椅子上。这些椅子坐上去正合适，不管是谁的身子，都是宽宽松松的，而且心情也很轻松自在。他的手艺怎么会这么好呢？

还是去问问红鬼吧？

不，先别忙，你们看！红鬼亲手把茶送来了。点心也是他亲手端来的。

啊，多么香的茶呀！

多么好吃的点心啊！

这么香的茶，这么好吃的点心，在场的人还没有谁品尝过呢！回到村里以后，人们对红鬼的盛情款待异口同声地赞叹不已。所有的人都夸奖红鬼的房子收拾得干干净净，实在令人喜欢，令人心情舒畅。

"如果真是这样，我也想去看看呢。"

"你昨天不是去过了吗？"

"天天去我都没意见。"

情况就是这样，逢上好天气，人们就三五成群地从村里到山上红鬼家里去做客。红鬼终于和人交上了朋友。他的生活也跟着发生了变化，再也不像以往那样孤独、寂寞了。可是，日子一天天地过去了，红鬼发现自己还欠下点什么。

哦，他想起来了。

是青鬼——他最亲密的小伙伴青鬼，自从那天分别以后再也没来过。

"他怎么样了呢？是不是伤还没有好？那天他故意把头撞到门框上，伤得可不轻啊！不行，我得去看看他。"

于是红鬼做好了出发前的准备。他在一张八开的日本白纸上写道：

乡亲们：

　　我今天全天不在家。

　　明天在家。

红鬼

写好后，贴在房门上。天刚放亮，红鬼就启程了。他翻山越岭来到青鬼的住处。节气明明已是夏末秋初了，可是深山庭院里草坪上的香百合依然盛开着雪白的鲜花，散发出阵阵醉人的清香。晨露滴答滴答地从松树的粗枝上向下滴落，滋润着翠竹的嫩叶。阳光还没有照射进来，红鬼沿着高高的岩石台阶来到青鬼的家门前。房门紧紧地关闭着。

"是没起床呢，还是不在家？"

正在犹豫的时候，突然发现门旁贴着一张纸条，上面还写着什么。

　　红鬼朋友，希望你永远诚实地同人们亲密交往，愉快地生活下去。近期内我不能到你那里去，如果我继续和你来往，人们会对你产生怀疑，也可能感到恐惧，这样就得不偿失了。基于这种考虑，我决定出去旅行一次。也许这次旅行的时间会很长很长。但是，我永远不会忘记你的，也许我们还会在哪儿见面的。再见，望你保重身体。

你的终身的好友

青鬼

红鬼默默地看完这张纸条，又连续看了好几遍。然后扑到门上抽抽搭搭地哭了起来。

[施文辉　译]

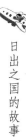

日出之国的故事

牵手阅读

　　青鬼不惜伤害自己也要帮助红鬼消除人们对他的偏见，并且处处为红鬼着想，他们之间的友谊真是伟大！青鬼和红鬼善良美好的心灵一点也不亚于人类。如果只因外貌与人类不同，就害怕他们甚至排斥他们，村子里的人们将错过一段多么真挚的友谊啊！认识一个人，最重要的是要认识他的内在。

民间传奇

迈达斯的点金术

希腊童话

　　从前有个国王，名叫迈达斯，他住在一座充满阳光的宫殿里，他有世上人能有的一切东西——一位美丽的妻子，一位皮肤黑里透红、漂亮的女儿，一只绿眼睛的猫，金的、银的盘子，满宫殿侍候他全家的仆人。

　　迈达斯的脾气很坏，他唯一的乐趣就是攒黄金，他对金子的需求似乎总也不能满足。他爱金子爱得那样厉害，甚至给女儿起名为金玛丽。他把金块藏进他房间中所有的木箱里。他每天要花很多时间去数金子，就在临睡前，他还总要打开那些箱子，一遍又一遍地看着黄金，抚摩它们。

　　一天，当他正流连在金子中时，一个颤动的幻影出现在他的身旁。突然，这个幻影讲道："我是众神的一个信使，我来满足你的愿望，你可以要任何东西——不过留心，只能是一件。"

　　"哦，"国王毫不犹豫地喊，"我想叫我碰到的一切东西都变成黄金。"

"你的愿望被准许了。"那个幻影说完就消失了。

迈达斯立刻转回到他的木箱那儿，用手在一个箱子顶上摸过去，木头一下子变成了金子。迈达斯怀疑地睁大了眼睛，他跑到他心爱的椅子那儿，碰碰它，正像刚才那样——金子。他激动地坐在他崭新的金椅子上，椅子不像原来那么舒适了，因为柔软的长毛绒坐垫变成了又冷又硬的金子。

"没关系，"迈达斯想，"这个硬的金椅子有点儿不舒服，但我可以忍受。"

午饭前，他到花园里去散一会儿步，想在一些花儿上试试他的新才能。他碰碰一朵罂粟花，它从花茎到整棵花都变成了金的。迈达斯高兴得呵呵傻笑起来。然后，他又碰碰一朵玫瑰和雏菊，它们也变成了金的。当有一打或者还要多的花变成了金的时候，迈达斯渐渐地被引诱起了更大的贪欲。

国王的仆人已经为他准备好了一桌丰美的饭菜，有烤羊羔、热的肉汤和面包，还有一盆堆得高高的新鲜水果。

"在我身上发生了多么不可思议的、奇妙的事情呵。"迈达斯端起肉汤准备喝，可就在他接触碗的瞬间，碗变成了金的，碗里的肉汤也变成了金的。他伸手去抓羊羔，羊羔也变成了金的。他又用一只手去抓面包，另一只手去抓苹果，它们都在他的手里变成了金块。

"我要饿死了。"国王叫起来。他开始觉得，他的点金术并不像他开始想的那样妙了。

他拉长了悲伤的脸，倒在金椅子里，想着他贪金的灾难。正在这时，那只猫跳到了国王的大腿上，国王不假思索地抚摩着它那柔软的毛皮，可突然，猫的脊背拱了起来，它的毛也直立起来，猫在他腿上变成金的，那些直立的毛变成了尖利的金针。"如果照这样下去的话，整个王国就要毁在我手里了。"迈达斯想。他正沉思的时候，金玛丽跑进房间来找那只猫，当她看见那只金猫立在那儿，像一座雕像时，就哭了起来。迈达斯心疼他的爱女，走到她身边去安慰她。当他的手触到金玛丽的肩膀时，她僵在那儿，成了金的。迈达斯吓坏了。

他喊道："在我碰到任何东西之前把我锁住！把我关起来吧！"

众神一直注视着迈达斯，他们听到了他的恳求，为他感到难过。那个颤动的幻影又一次出现在他面前，说道："迈达斯国王，如果你希望摆脱你的点金术的话……"

迈达斯打断他的话，恳求着："什么都行，让我做什么都行。"

"到河边去，"那声音指挥着，"用河水洗你的双手，然后提一桶水回宫殿去，把水洒在你所碰过的东西上。"

迈达斯拎起他的长袍朝河边跑去。他在花园的边上停留了片刻，呵，水桶！他跑回来，抓起一只桶，又开始向河边跑，绊倒了，摔痛了，又跌倒了，但他还是用最快的速度跑着。

他跑到河边，跪下来，把手浸在水里，又拿出来，两只手在一起又搓又涮，然后，他灌满水桶，飞快地回到他离开金玛丽的地方，把手泡在水桶里，然后用湿手指朝她轻弹。当弹出的水碰到金玛丽时，她活过来，开始动弹了，她的金黄色的皮肤也变成玫瑰色的了，可她还哭着呢，不知那只猫怎么了。迈达斯又把一点儿水珠洒在猫身上，猫立刻又活了。

迈达斯对金玛丽讲了他的点金术，并带她到花园去，让她看那些花。在那儿，他又洒了些水，让花变活过来。

这时，他的肚子饿得像打雷一样响，他已经记不得从吃上最后一顿饭到现在有多久了。他朝桌子看看，那儿是几小时前留下的金食物。他简直不能相信，他对金子的嗜好现在已经变成了憎恶。他又把那些食物变回原样，吃掉了。没有一个人能比迈达斯那天晚上吃东西更

民间传奇

043

香甜的了。

　　从那以后，迈达斯用他大部分的时间去花园种花了，最矮的小草给予他的快乐也比一百块金子要多。

[卜卫　译]

牵手阅读

　　金子固然昂贵难得，快乐、亲情、自然的芬芳却是更为宝贵的事物，是金子永远无法替代的。如果迈达斯国王的点金术无法破除，他的世界将会失去生气，变得无聊、恐怖。况且国王已经拥有许多金子了，这也告诉我们要知足常乐，不要被无尽的欲望引入深渊。

珍贵的猫

［意大利］雅登多尔夫

　　古代罗马人有句格言：贪婪的人是永远不知足的。自从罗马人转变为意大利人之后，这句格言仍旧被人们认为是正确的。在威尼斯这个黄金般美丽的城市里，人们讲述着一个故事，证明古时候的格言的确有道理。

　　在海边的这个城市里，住着两个商人，他们是邻居，都是富翁。他们在碧波耀眼的运河旁都有大宅邸，还有漂亮的贡多拉（威尼斯一种狭长的平底小船），配上朱红色和黄色条纹的篷子。他们都有可爱的年轻孩子，这些孩子在一起友好地嬉戏着。那两个商人的性格截然不同，好比一颗黑色卵石与一颗闪闪发光的红宝石。

　　一个是冷酷、尖刻、贪得无厌，凡他所看见的东西，不管他需要不需要，都想据为己有。另外一个是慷慨、和善，工作不仅为了自己，同时也为了人家。这两个商人彼此很熟悉，经常交谈。但是，如果涉及生意问题，贪心狼就小心提防，对任何人都不信任。

民间传奇

045

这两个人各做各的买卖，各人经营各人的事业，时间就这样过去。

一天，和善的焦瓦尼要远行去做香料生意。那时欧洲很需要香料。他在船上装了许多货物：玩具、珊瑚、丝绸和美丽的玻璃器皿。他想换回远方岛上产的胡椒、桂皮、香草香精、咖喱和其他香料。

他航行了好多个星期，终于到了富饶的东方，从一个岛到另一个岛做着生意，赚了许多钱，岛上的居民也称心满意。

一个晴朗的早晨，焦瓦尼来到港口，那里静悄悄的，像在公墓里，海边的桅杆好像墓碑般竖着。街上和市场里像夜晚那样沉静。

焦瓦尼和几个船员在那里散步，只听见他们自己的脚步声，那些穿着彩色衣服的居民在哪里呢？一个热闹的城市，平常充满香料的气味和小贩的叫卖声，现在到哪儿去了？

最后，这个威尼斯商人遇到两个人，他们把焦瓦尼一伙带到国王面前。国王坐在宝座上，愁眉苦脸，低垂着头。大臣们站在他周围，面色像国王那样难看。

焦瓦尼问道："陛下，我们可以跟您的人民做生意吗？我们从家乡带来许多贵重的货物，愿意换些香料。"

国王说：“焦瓦尼先生，我们的土地遭到了严重的灾害，香料作物歉收、谷物被毁、食物缺乏，一切都快要被摧毁了；甚至连我们的衣服都被破坏了。我们能够活下来，真是奇事啊！”

“陛下，贵国的土地遭到可怕的灾难，造成这样的不幸，到底为了什么？”

“由于到处乱窜的啮齿动物老鼠！在我们的屋子里和衣服里，在我们的田地里和街路上，到处有它们。我们放置了夹子和捕鼠机，在厨房里放老鼠药，可是效果很差，我们所遭受的灾害实在太大了。看来这种灾害是无法挽救的。”

商人问：“你们有猫吗？”

“猫？猫是什么？”

“猫是一种身上有毛皮的小动物，好像小狗，它们是老鼠的死对头。猫在什么地方撞见老鼠，就在那里消灭它们。”

国王叫喊起来：“我到什么地方去找到这些猫？我要重重地报答它们。”

焦瓦尼说：“陛下，您不必报答猫，我船上有许多猫，我愿意送两只给您作为礼物，我断定你们的灾祸很快就能消除。”

国王含着泪对商人道谢。一小时后，焦瓦尼带来两只漂亮的猫，一只是墨黑的雄猫，生得又大又凶猛，另外一只是美丽的虎纹雌猫，已经产过许多小猫，它们都善于捉老鼠。

国王岛上的居民从来没有见到过猫，现在看见了两只猫，又敬畏又惊讶。当他们看见它们捉老鼠，非常高兴，禁不住唱起歌、跳起舞来。

国王打心底里感激，为了向商人表示谢意，他把一大包一大包的香料、闪光的宝石、芳香的檀香木和美丽的象牙雕刻品展示在焦瓦尼他们面前。

当商人焦瓦尼和全体船员返航的时候，他们很愉快，很满意，仿佛风和浪涛也理解他们的心情，使他们的船迅速地返回威尼斯。

焦瓦尼回到家里，一家人都兴高采烈。他的威尼斯同行看见他载回了许多皇家的货物，眼红极了。

焦瓦尼在金碧辉煌的圣·马尔科教堂前遇到他的邻居切萨雷，他们谈这谈那，谈到旅途和贸易。后来，焦瓦尼告诉切萨雷，他怎样做生意，用两只普普通通的猫换到了大批贵重的物品。

切萨雷羡慕极了，当他们分手的时候，他的舌头几乎吐出嘴外收不回去了。

从此以后，切萨雷日日夜夜老想着焦瓦尼用了两只不值钱的猫，获得一笔贵重的货物。他心里很不安宁，没法好好地休息，好比一匹马时刻要担心马刺去刺它的样子。妒忌和贪婪啃着他，好像火烧干草。他再也忍不住了，决定也到那个岛上去，搞一大笔贵重的货物回来，要比焦瓦尼获得的更多。

切萨雷准备好一只华丽的船，装载最好的货物：金器、锦缎、珊瑚、雕刻品等。凭借这些礼物，大方的国王将会回赠他比给焦瓦尼两倍——不，三倍的宝贵物品。

不久，切萨雷到达那个岛上。他告诉国王他是焦瓦尼的朋友。国王热情地接待他，欢迎一个由于慷慨的赠予而解决了岛上灾难的焦瓦尼的朋友，切萨雷当然很走运。

切萨雷告诉国王，他也带了些比焦瓦尼赠送的更有价值的礼物。他呈上的礼物有金杯、珊瑚雕刻品、贵重的锦缎和金缕刺绣（最富贵的威尼斯人穿着的）等，表示他的友好。

国王被这些大方的赠予弄得手足无措。他是一个坦率而诚实的人，为了表示诚挚的感谢，他日夜苦思着该怎样向切萨雷回礼。他一心要把更贵重、更杰出的东西赠给切萨雷。

最后，国王召集他的大臣，商议该拿什么东西去回敬切萨雷的丰富多彩的礼物。

每个大臣各抒己见，最后，一个富有才智的大臣站起来说："陛下，威尼斯商人赠送给您和我们许多东西，可以供我们受用好多年。我们这个小岛上的确没有相等的礼物送给他。我们本来可以给他香料和檀香木，但这些是岛上生长的普通东西，送给他不适合吧。现在，我们有一种世界上最有价值的东西。

"不久以前，我国遭受到一个大灾难，几乎把我们完全摧毁了。老鼠蹂躏我们的国土，使我们的孩子挨饿，弄得我们的屋子污秽不堪。幸亏我们得到了一种无价的礼物，使我们重新过起了自由、幸福的生活。打那时起，一对珍贵的猫，几年里繁殖了许多小猫，我们可以挑选几只给威尼斯商人，他也会像我们这样视作珍贵的东西吧。所以，我主张送两只无价的猫给那无私的威尼斯商人。我可以断定，它们会带给他好运，正像过去，它们带给我们的那样。"

国王和其他大臣都认为这是一个极好的主意。于是，国王叫工匠做了一只坚固的金笼子，他亲自选择两只最漂亮、最顽皮又最会捉老鼠的小猫，作为最合适的礼物。

一天，国王隆重地接见切萨雷，赠送礼物给他。所有的大臣都到齐了，宫廷里挤满了人。威尼斯商人出现在国王面前。他来时步子轻松，满怀希望。他想到自己即将丰收，一定比焦瓦尼所得到的礼物更加贵重。他要成为大富翁了。

喇叭吹起，铜鼓打响。切萨雷对国王讲了许多表示友好的话。

后来，国王说："切萨雷先生，您来到我国，出于一片好心，慷慨地赠送给我许多珍贵的礼物。这是一位商人做的好事。谚语说：'好种子结出红色的好洋梨。'我和我的大臣们想了好久，该怎样恰当地报答您这种无私的行为，最后我们决定把我们最有价值的礼物赠送给您。

"当我们的人民和土地遭受最大的灾难时，贵国的一位同胞赠送给我们一件珍贵的礼物，挽救了我们。这是一件比黄金或钻石或香料更加珍贵的礼物，我们想不出什么比它们更美好的礼物送给您。我们认为这东西可以带给您同样的快乐和幸福，正像它们带给我们的那样。卫兵们，把那只装着国王礼物的金笼子抬过来，送给切萨雷先生！"

两个卫兵抬了装着两只小猫的金笼子进来。小猫在笼子里嬉戏，人们看了很欢欣。卫兵把金笼子放在商人面前。国王快活地微笑着，大臣们和群众也都欢笑着。

切萨雷看着小猫，说不出话来。当他看见每个人脸上都喜洋洋的，笑着，他也笑了起来。不久，他返航回家。

要不要我来告诉你，他有什么感觉？我来讲吧，开

我把春天捉住了

头几天，他气得要命，非常懊恼。没有一个人可以和他交谈。后来，他慢慢地看到命运对他开了个玩笑，他拿了全部财产，花了全部精力，落得个这样的结果。好像一滴晶莹的水滴，使他逐渐想到那妒忌和贪婪是坏种子，不能获得他生命中所要的花朵。

他在威尼斯没有对任何人谈起自己所遭遇的事情。但是，人们可以看到他待人和蔼了。他在追求黄金和财富方面，不像过去那样不择手段了。

[严大椿 译]

牵手阅读

切萨雷可真是弄巧成拙，被自己的贪婪和小聪明害惨了，还好他经过反思认识到了自己的错误，财富并不是生命的全部啊！我们也相信国王并非有意捉弄切萨雷，对于价值的判断除了取决于客观的衡量标准，还受到人的需求和心理的影响。就像我们送给父母的礼物一样，它不一定有多么昂贵，但却充满了我们的孝心与爱意。

种蚕豆的农夫与乌鸦

伊朗童话

　　从前，有个种蚕豆的农夫，为人厚道，心地善良。说也怪，每当他种植蚕豆的时候，总有一只乌鸦飞来给他捣乱。乌鸦把埋在土里的蚕豆种子扒出来吃掉，然后飞落到秃树的枝干上，呱呱地叫个不停。农夫气得干瞪眼，拿它毫无办法。

　　农夫回到家，冥思苦想地打主意，终于想出一条妙计来。"我去找点胶泥，抹在秃树干上，不就能抓住乌鸦了吗？"他自言自语地说着走出屋外，找胶泥去了。

　　第二天，乌鸦像往常一样又来啄食蚕豆。它吃饱之后，便飞落到秃树干上。不料，被树干上的胶泥牢牢地粘住，丝毫动弹不得。农夫见乌鸦中了他的圈套，喜形于色地跑过去，一把将它抓在手里。

　　"好心的人哪，饶恕我吧！我再也不跟你捣乱了！"乌鸦苦苦哀求说，"你放了我，我会报答你的恩情的。你从我的翅膀上拔下三根羽毛，带回家去。什么时候用得着我，只要把羽毛抛向空中，然后跟随飘动的羽毛走，就能到达我的住处！"

种蚕豆的农夫见乌鸦怪可怜的，不觉动了恻隐之心。他从乌鸦的翅膀上揪下三根羽毛，就把它放了。从此以后，乌鸦便销声匿迹，再也没有露面。

这天，种蚕豆的农夫闲来无事，心情烦闷，想去看看乌鸦。于是，他从衣袋里掏出一根羽毛，朝空中扔去，然后跟随飘动的羽毛，来到乌鸦的家。进屋一看，乌鸦正在忙着纺线。宾主寒暄过后，坐下来闲扯了一阵。农夫就要起身告辞，这时只听乌鸦说道："你把我这口小锅带走吧！不过要注意，归途上不要喊'嘿，小锅！'""行啊，我不喊就是了！"农夫答应着，提起小锅走出门去。

回到家中，农夫暗自思忖："现在让我来试试看，喊了'嘿，小锅！'又会怎么样？"他这么想着，便冲着小锅喊了一声："嘿，小锅！"话音尚未落地，只见锅里满是香喷喷的抓饭，饭上还摆着一只烧鸡！农夫喜不自禁地叫起来："太好了！今后再也不必为吃饭发愁啦！"他忙把老婆找来，两人有说有笑地美餐了一顿。

这天，种蚕豆的农夫心血来潮，决定请国王、宰相和众大臣来尝尝烧鸡和抓饭的味道。他走进王宫，开门见山地对国王说："陛下若不嫌弃的语，请到寒舍用晚餐！"宰相听了，在一旁插言道："尊贵的国王陛下，一个贫穷的农夫能填饱自己的肚皮就不容易了，哪里还能请客吃饭呢？"农夫心直口快地说："宰相大人若是不信，今天晚上就请同陛下一起来吧！"

天黑时分，国王、宰相和众大臣一同来到种蚕豆的农夫家。贵宾入座之后，农夫把餐布铺好，独自走进厨房。他对着乌鸦赠送的那口小锅叫道："嘿，小锅！"一盘香喷喷的抓饭和一只美味可口的烧鸡便准备好了。

宰相见农夫接连不断地端出许多盘抓饭和烧鸡，心中好生诧异。他悄悄地溜到厨房门口窥探，发现农夫有一口神奇的小锅，只要冲着它喊一声"嘿，小锅"，里面就满是抓饭，饭上还有一只烧鸡。宰相看在眼里，记在心上，没吱声地返回身去。

晚饭过后，国王、宰相和众大臣起身告辞，返回王宫。途中，宰相把他发现农夫厨房里有口神奇的小锅的事告诉了国王，末了说道："尊贵的国王陛下，您要是有了那口小锅，养活再多的士兵也不成问题啊！他反正是个农夫，没有小锅也照样能吃饭！"

国王听罢，当即令人去传种蚕豆的农夫进宫。农夫来到之后，国王板起面孔问道："你家里的那口小锅是从哪儿弄来的？""回禀主上，是小人自己家的。"国王厉声喝道："胡说！那小锅本是宫中的宝物，被你偷盗去的！"可怜的农夫有口难辩，只得乖乖地交出小锅。

这天，农夫闷坐在屋里，感到很寂寞，便想去乌鸦那里串串门。于是，他从衣袋里掏出一根羽毛，向空中抛去，然后跟随飘动的羽毛，来到乌鸦的家。进门一看，乌鸦与上次一样正在忙着纺线。宾主寒暄过后，坐下来聊了一会儿家常。农夫把国王抢走小锅的事告诉了乌鸦。临别时，乌鸦说道："你把我的那头毛驴牵回去吧！不过要注意，半路上不要喊'嘘！'"

农夫骑着毛驴返回家。途中，他嫌毛驴跑得太快，脱口而出地喊了一声："嘘！"这一喊不要紧，只见毛驴把屁股一撅，拉起屎来。再仔细一看，嗬！毛驴拉出的不是臭屎，而是黄澄澄的金币！农夫又惊又喜，赶忙把金币收拾起来。回到家中，农夫把乌鸦赠驴和毛驴拉金币的事告诉了老婆，夫妻两人直乐得合不拢嘴。

自从有了毛驴之后，不消说，种蚕豆的农夫生活越来越富裕。这天，农夫的老婆骑着毛驴去澡堂沐浴。按照规定，她把毛驴拴在澡堂门前。恰好那天宰相夫人也在澡堂洗澡。她沐浴完毕，走出澡堂，想骑上自己的毛驴回家。可是，那毛驴来回躲闪，怎么也不肯让她骑。

宰相夫人无意中喊了一声："嘘！"话音未了，只见旁边农夫老婆的那头毛驴把屁股一撅，拉出明晃晃的金币来！宰相夫人顾不得脸面，赶忙把金币拾起来。她见四周无人，翻身骑上那头能拉金币的毛驴，一溜烟地跑回家去了。

　　农夫的老婆洗完澡，走出澡堂，发现自己的毛驴不见了，而另外一头毛驴还在那里。她明明知道这是宰相夫人干的缺德事儿，可又有什么办法呢？她哭哭啼啼地返回家，把宰相夫人偷走毛驴的事告诉了丈夫。农夫听了，生气地说："咳，你怎么就让她骑走了呢？""跟上次从你手里夺走小锅一样，这次又从我手里把毛驴抢走了。咳，我们除了逆来顺受、忍气吞声之外，还能怎么样呢？"

　　种蚕豆的农夫决定再去找乌鸦一趟，看看它有什么办法没有。于是，他把最后一根羽毛掏出来，朝天上抛去，然后跟随飘动的羽毛，来到乌鸦的家。乌鸦得知毛驴被宰相夫人偷走之后，抚慰农夫说："没关系，不必伤心！这次我给你个油壶，有了它，你就能把小锅和毛驴全要回来！不过要记住，归途中不要喊'油壶，打开！'若是你喊了，发生了意想不到的情况，那也不必紧张，只要再喊一声'油壶，关上！'就没事了。"

农夫告别乌鸦，返回城去。途中，他在好奇心的驱使下，对着油壶喊道："油壶，打开！"刹那间，从油壶里拥出一群彪形大汉，手持铁杵，将他团团围住。农夫吓得脸色都变了，急忙喊道："油壶，关上！"那群彪形大汉立刻乖乖地返回油壶里去了。农夫想了想，高兴得跳起来，大声叫道："这下可好了！我准能把小锅和毛驴全要回来！"

　　种蚕豆的农夫径直来到宰相府，理直气壮地说道："快把小锅和毛驴交还给我，否则，一切后果由你负责！"宰相听了，觉得农夫的口气不小，慌忙跑去禀报国王："尊贵的国王陛下，大事不好！那种蚕豆的农夫气势汹汹地跑来要小锅和毛驴了！"国王闻听怒发冲冠，喝令道："快去把他抓起来，给我杀掉！"

　　宰相率领众侍卫前去捉拿种蚕豆的农夫。这时，只见农夫对着油壶连声喊道："油壶，打开！"话音刚落，从油壶里拥出无数的彪形大汉，挥舞着铁杵，将众侍卫团团围住。国王闻讯，大惊失色，急忙派人去通知农夫说："千万不可动手！小锅和毛驴马上就给你送来！"

　　农夫拿到小锅和毛驴之后，这才喊了一声："油壶，关上！"那些手持铁杵的彪形大汉顿时返回油壶里去了。

吓得缩成一团的侍卫总算逃脱了覆灭的下场。种蚕豆的农夫骑上毛驴，扬长而去。此后，他有了小锅、毛驴和油壶这三件宝物，一直过着美满、愉快的生活。

[元文琪　译]

牵手阅读

农夫的厚道和善良得到了乌鸦的回馈，这些美好的品质是抢不走的，所以乌鸦的礼物还会回到他的身边。善良不一定能得到物质性的回报，但正所谓"赠人玫瑰，手有余香"，在善良的人身边，一定常常围绕着幸福和快乐。

十二个月

[苏联] 马尔夏克

你知道一年有几个月吗？

十二个。

它们各是什么叫法呢？

一月，二月，三月，四月，五月，六月，七月，八月，九月，十月，十一月，十二月。

一个月一完，下一个月马上就接上。还从来没发生过比方说二月比一月先到、五月赶到四月前头去的事。

十二个月总是一个接一个到来，从来也没有两个月碰在一块的事。

然而人们都说在多山的波希米亚有这么一个小姑娘，她曾一下子同时看见过十二个月。

这是怎么回事呢？

事情原来是这样的。

在波希米亚的一个山村里，住着一个妇人，她心肠狠毒，又非常小气。她家里有一个女儿，和一个前妻留下的女儿。她喜欢自己的女儿；前妻的女儿呢，她一丁点儿也不喜欢。前妻的女儿不论做什么，妇人总觉得不称心，不顺眼。

女儿整天整天歪在软绵绵的床上，吃的是甜饼；可前妻的女儿天一亮就起来干活，干到天黑，连坐下来歇口气的工夫都没有——一会儿叫去提水，一会儿叫去林子里捡柴火，一会儿叫去洗被褥，一会儿叫去翻菜园。

她受尽冬天的寒冷，夏日的炎热；她知道春风的和煦，秋雨的连绵。就因为这样，有一天她终于同时看到了十二个月。

那是一个冬天。在一月里。积雪把门都堵了，只有铲开雪才能开门；树林里，大树半截儿埋在雪堆里，风刮得厉害的时候，连滑雪都不能。

村里人都躲在家里烤火。

就在这冷得人难受的日子里，有一天，快傍晚时分，狠心肠的后娘把门开一条小小的缝，瞧了瞧外头狂卷的暴风雪，然后回到火炉旁，对前妻的女儿说：

"你到树林里去，采一朵迎春花来。明天就是你妹妹的命名日了。"

小姑娘打量了一眼后娘的脸色，心想，这时节让她到树林里是开玩笑还是当真？这会儿到树林里去太可怕了！寒冬季节哪有什么迎春花？不到三月，是哪里也找不到迎春花的呀！眼看她就要被永远埋在树林的积雪里，回不来了。

妹妹对她说：

"要是你回不来，没有一个人会为你哭泣的！去！采不到迎春花别回来。喏，给你篮子。"

小姑娘淌着眼泪，把破头巾裹紧，走出了家门。

寒风把雪吹进她的眼睛，把她的头巾往上掀起。她在雪地上走着，脚好不容易从积雪中拔出来。

四周越来越暗了。天空一团漆黑，没有哪怕是一颗小星星来瞧一眼大地。地上倒有些许微光。这是积雪的反光。

这就是树林。这里什么也看不见，伸手不见五指。小姑娘在一棵倒地的树上坐下。她想反正再走也是冻死。

突然，万万想不到在远处，在树林间，闪起了一星火光，那样子仿佛是落在枝叶丛中的一颗星星。

小姑娘站起来，向那一星火光走去。她在雪堆中艰难地挪动着脚步。她在被暴风雪刮倒的树堆上爬行。她心里寻思："但愿这星火光不灭！"火光真的没有灭，而且越燃越亮了。小姑娘都已经能够闻到温热的火焰气息了，还听见了枯枝燃烧的毕剥声。

小姑娘又往前走一步，就来到林中空地上。她在这里一下看呆了。

林中空地明亮得如同太阳朗照一般。空地中间燃着一堆篝火，火光直冲天空。篝火周围坐满了人：有的坐得离火近点，有的坐得离火远点。他们坐着，谈着心。

小姑娘望着他们，心想：这都是些什么人呀？猎人不太像，砍柴人更不像了。你瞧他们一个个穿得多漂亮——有的穿银，有的着金，有的披着绿天鹅绒。

她一个一个数去，一共十二个：三个老的，三个上些年纪的，三个年轻的，还有三个还是孩子呢。

年轻的就挨火焰坐着，老人离得远一点。

这时，忽然有一老人，那个儿最高、胡子最长、眉毛最浓的老人，向小姑娘站着的这边看了看。

小姑娘心慌了，她想转身跑掉，可已经晚了。老人大声问：

"你从哪儿来？你到这里来有什么事？"

小姑娘把空篮子给他看了看，说：

"我得采一篮子迎春花。"

老人笑了。

"这是一月，你要采迎春花？你可真想得奇！"

"不是我想得奇，"小姑娘回话说，"是我的后娘让我到这里采迎春花，还说，空着篮子就别回家。"

这时，十二个人都朝她看了看，接着便商量起来。小姑娘站着、听着，可他们的话她一句也听不懂——好像不是人说话，而是树木在沙沙细语。

商量着，商量着，后来就听不见声音了。

高个儿老人又回过头来，问小姑娘：

"要是你硬是找不到迎春花，你怎么办呢？谁都知道，不到三月，人们是看不到迎春花的。"

"那我就在树林里等，"小姑娘说，"等到三月到来，在林子里冻死，也比不带迎春花回家好。"

说完这句伤心话，小姑娘哭了。

这时，突然十二个人中最年轻、最欢乐的小伙子站起来，他的一只肩上披着皮大衣。他走到老人跟前说：

"亲爱的一月哥，你把你的位子让我一会儿！"

老人瞧了瞧自己长长的胡须，说：

"就算是我可以让，但那也没有三月比二月先来的事呀。"

"也行，"这说话的是另一位老人，他的下巴上也有一把乱蓬蓬的胡须，"我让吧，我不会来争的！这个小姑娘我们大伙都熟识：一会儿在冰窟窿旁看见她来提水，一会儿在林子里看见她背一捆柴走着……她是所有十二个月的女儿，应当帮助她。"

"好吧，就按你说的办。"一月说。

他用他的冰拐杖敲了敲地面，嘱咐寒冷别这么厉害。老人的话一完，森林就开始平静下来。树木不再冻得咯咯作响，飘下的满天雪花，棉絮似的，大朵大朵，挺轻柔。

"好了，现在轮到你了，老弟。"一月说完，把冰杖给了下一个弟弟，也就是胡须蓬乱的二月。

二月用冰杖敲了敲地面，捋了捋胡子，大声吼叫起来，让暴风猛烈地刮，把积雪都吹卷起来，他一吼叫，湿漉漉的狂风在树枝间喧嚣，雪花在空中旋舞，寒风带着积雪像一条条白蛇似的在地面蹿动。

二月把冰杖交给下一个弟弟，说：

"这会轮到你来了，三月弟弟。"

三月弟弟拿起冰杖在地面上敲呀，敲呀。

小姑娘眼睛定定地看着，看到三月弟弟的手杖已不再是哥哥递给他的那根冰杖，而是一根粗大的树枝，枝头上有许多嫩芽芽。

三月微笑着，他拉开他童音未变的嗓子，大声唱道：

小河啊，都淌起来哟，
小溪啊，都流起来哟，

蚂蚁，都爬出窝来哟，

冬天，已经过去了哟！

黑熊踩着枯枝，

咔嚓咔嚓走出来了。

鸟儿在林间歌唱了，

迎春花在林间开放了！

小姑娘高兴得直拍巴掌。那高高的雪堆都到哪里去了？那挂在枝丫上的冰凌子都在哪里？

现在她的脚下是春天柔软的绿草。四周都在滴水，都在流淌，都淙淙作响。树枝在吐芽舒青，黑色的果皮开裂处，绿叶纷纷从里头探出头来窥望世界。

小姑娘定睛看着，简直看不够。

"你怎么还站着不动？"三月对她说，"你倒是手脚麻利点，我们三兄弟总共只给你一个钟头时间。"

小姑娘这才回过神来，赶紧到密林里去找迎春花。可迎春花太多了，连看都看不过来！矮树下面，石头旁边，土墩上头，土墩下方——眼往哪里看，哪里就有迎春花。她采了满满一篮，还用围裙兜了满满一兜。然后，她又快快地走到林间空地上，这里刚才还燃着篝火，篝火周围刚才还坐着十二个兄弟。

可现在这里没有篝火，也不见十二个兄弟……空地上明亮亮的，跟刚才完全不同。这不是太阳光，而是升到树林上空的一轮圆月。

小姑娘找不到她要感谢的人，心里感到遗憾。她就怀着这种惋惜的感情急急往家跑。

月亮一直随着她的身影飘移，伴着她回家。

小姑娘简直没有觉着她的脚在跑，就到了家门口——她刚一跨进家门，窗外又寒风卷着大雪，呼呼吼叫起来，送她回家的月亮也躲进了茫茫云层……

"怎么，"后娘和妹妹问她，"这就回来啦？迎春花呢？"

小姑娘什么话也没说，只把围裙里兜着的迎春花放在凳子上，并且把篮子搁在旁边。

后娘和妹妹一见，都失声惊叫起来：

"这些迎春花都是从哪里弄来的？"

小姑娘把森林里发生的一切一五一十全说了。她们两个听着，直摇头——她们不信。很难相信眼前这凳子上摆着的一大堆迎春花，这么水灵灵的，这么黄灿灿的，竟然都是真的。然而这些迎春花确实散发着三月的幽香。

后娘和自己的女儿两个人你看我，我看你，看一阵，问道：

"那十二个月就只给你这花？"

"我没要其他的什么。"

"你好笨啊，真笨到家了！"妹妹说，"见到十二个月，这可真是太难得太难得了呀，你却除了花别的什么也没要！要换成我，我就知道该要些什么。向第一个月要苹果和甜梨，向第二个月要熟透的草莓，向第三个月要白生生的蘑菇，向第四个月要鲜黄瓜！"

"我的闺女，这才是聪明的姑娘呢！"后娘夸赞自己的女儿说，"寒冬季节，草莓和甜梨都是无价之宝。我们把它们拿去卖掉，该赚多少钱哪！可这个小傻瓜弄些迎春花就回来了！闺女，你加些衣服，穿暖和些，到林中空地上去一趟。虽说是他们有十二个，而你就一个，但他们也不会糊弄你的。"

"他们能把我怎么样！"闺女回答说。她高高昂着头，看着天花板，双手插在袖筒里。

母亲在她身后大声叮咛说：

"戴上袖筒，穿上皮大衣！"

可女儿没有听完妈妈的话，就已经走出大门，急急忙忙向树林跑去。

她踏着她姐姐的脚印，匆匆往森林里赶。快，越快越好！她心里想，快到林中空地就好！

树林越来越密，越来越暗了，积雪越来越厚，被暴风刮倒的树像墙壁似的横挡着她的去路。

哟！后娘的亲生女儿想，我干吗到森林里来呢！这会儿要在家里热乎乎的床上躺着多安逸，可现在我可要被冻僵了！说不定会冻死在这里的！

她正这么想着时，忽然发现远处有一星火光，就像落在树叶间的一颗小星星。

她径直向火星走去。走呀，走呀，她走到了林间空地上。空地中央有一大堆篝火在熊熊燃烧，围着篝火坐着十二个兄弟。他们坐着，轻声低语着。

后娘的女儿径直走到篝火边，不鞠躬行礼，不说一句恭敬的话，就自个儿到离火堆最近的地方烤起火来。

十二个兄弟都默不作声了。森林里一片哑然。接着一月忽然用冰杖敲了敲地面。

"你是什么人？"他探问道，"你从哪儿来？"

"从家里呀。"后娘的女儿回答说，"你们刚才给了我姐姐满满一篮子迎春花，我就是顺着她的足迹找到这儿来的。"

"你的姐姐我们认识。"一月说，"你可从来还没见过呀。你跑到我们这儿来干吗？"

"让你们给我送东西呀。让六月送我满满一篮草莓，个儿顶大顶大的草莓；让七月给我新鲜黄瓜和白蘑菇；让八月给我苹果和甜梨；让九月给我熟透的胡桃；让十月呢……"

"慢着。"一月说，"夏天不会在春天之前来到，春天不会在冬天之前来到。到六月还早呢。现在在森林是我当家，我在这里要统管三十一天。"

"瞧你沉着一张脸！"后娘的女儿说，"我不是来找你的，你除了雪和霜还能有什么？我要找的是六月。"

一月眉心皱结，很不高兴。

"你是在冬季里找夏天啊！"他说。

他拂了一下他的宽袖，于是森林里的暴风顿时从地上猛卷到天上，遮蔽了树木和十二个月的林间空地，连篝火也被雪笼罩了，只听见旁边有火燃烧的声音，毕毕剥剥地炸响，和火焰上蹿的呼呼声。

后娘的女儿吓得要死。

"停！"一月大叫一声，"行啦！"

真叫人不敢相信！

顷刻间，暴风雪把她卷起来，她一下子什么也瞧不见了，连气都喘不过来。她被埋进了雪堆，积雪沉重地压在她身上。

后娘等着自己的女儿回来，不时到窗口望望，又跑到门口瞧瞧——不见她的身影，就是不见她的身影。后娘穿得暖暖和和的，动身到森林里去找。可是，在这样的密林中，在这样猛烈的暴风雪中，在这样的阴暗中，能找到什么人影呢！

她走呀找呀，找呀走呀，直到冻僵在树林里。

她们俩就这样留在树林里，一直等到夏天来到。

前妻的女儿长久地活在世上，她长大后嫁了丈夫，还生了孩子。

据说，她家的周围都是果园，而且那样的果园在世间再也找不出第二个了。她的果园里，花开得比人家的要早，红莓成熟得比人家的要早，苹果和梨都甜得比人家的要早。夏天，那里非常凉快，暴风雪一到这里就不再狂啸。

"这家女主人心肠好，十二个月同时在她家做客！"人们都这么说来着。

谁知道是不是呢，也许正是那样吧。

[韦苇　译]

牵手阅读

　　两个女孩的经历截然不同，这是为什么呢？十二个月可不是任人蒙骗的傻子，他们能辨别出谁是真正好心肠的那一个，谁是自私的那一个。

严寒老人

［俄罗斯］奥多耶夫斯基

一句古老的谚语说得好：

什么也不会白来，

不劳动，什么也得不到。

一所房子里住着两个女孩子——一个是巧姑娘，一个是懒姑娘；和她们住在一起的，还有一位保姆。

巧姑娘聪明伶俐。她每天起得很早，不用保姆管，自己穿上衣服；起床后就干活儿——生炉子、和面、扫地、喂公鸡，然后到井边去打水。

这工夫，懒姑娘还躺在床上，翻过来覆过去地打哈欠，伸懒腰，等躺腻了，就迷迷糊糊地说："阿姨，给我穿上袜子！阿姨，给我穿上鞋！"过一会儿又说："阿姨，有甜面包吗？"她起床后，蹦蹦跳跳一阵，就坐到窗前去数苍蝇，飞来了几只，飞走了几只。懒姑娘把苍蝇全数完了，不知道还有什么事情可干，也不知道从何入手。她想再躺到床上，可是这会儿不困；她想吃点什么，可是这会儿不饿；她想再坐到窗前数苍蝇，可是连数苍蝇都数腻了。倒霉的懒姑娘坐在那儿哭哭啼啼，怨天尤人，抱怨自己太闷得慌，仿佛这都应该怪别人似的。

这时候，巧姑娘已经回来了，她把水过滤一下，再往水罐里倒。她多么会别出心裁地想办法呀！假使水不干净，她就把一张纸卷成筒儿，里面放一点小木炭或大沙粒，将纸筒插在水罐口上，往纸筒里倒水。水通过沙子和木炭滴进罐子里，变得跟玻璃一样透明而洁净。巧姑娘做完这件事以后，开始织袜子或做头巾，再不然就缝衬衫、剪裁衣裳，嘴里还唱起一支做针线活儿的歌。她从来不会闷得慌，因为她没有工夫寂寞——她一会儿忙这个，一会儿忙那个，转眼之间，天就黑了，一天不知不觉就过去了。

有一天，巧姑娘遇到一件倒霉事——她到井边去打水，用绳子把水桶吊到井里后，绳子断了，水桶掉进井里了。这可怎么办？

可怜的巧姑娘哭了，她去找保姆，告诉保姆，她遇到了什么倒霉事。保姆普拉斯柯维亚是个很严厉、很暴躁的人，她说：

"你自己惹的祸，自己想办法吧！你自己把水桶掉下井里，那就自己把它捞出来吧！"

没有法子，可怜的巧姑娘只好又到井边去了。她抓住绳子，顺着绳子爬到井底。这时候，出现了奇迹。她刚一到井底，就看见面前有个炉子，炉子里有个面包，烤得很有火色，焦黄焦黄的。面包待在烤炉里，一面朝外张望一面说：

"我已经熟了，烤得焦黄焦黄，还放了葡萄干和砂糖。谁把我从炉子里拿出来，谁就可以带我走！"

巧姑娘毫不迟疑地一把抓起铲子，把面包取出来，掖在怀里。

她继续往前走。前面是一座花园，花园里有一棵树，树上结满小小的金黄色苹果。苹果抖动着树叶，说着：

"我们是熟透了的、多汁的小苹果；我们用树根吸收养料，我们用冰凉的露水洗澡；谁把我们从树上摇落，我们就归谁所有。"

巧姑娘走到树跟前，扶着树干摇了一阵子，金黄色小苹果噼里啪啦地掉在她的围裙里。

巧姑娘又继续往前走。她看到一位白发苍苍的严寒老人坐在她面前。他坐在一条冰制的长凳上，正在吃雪团子；他一摇头，白霜从头发上纷纷落下；他一喘气，冒出一股浓浓的水蒸气。

"啊！"他说，"你好呀，巧姑娘！谢谢你，给我送来了烤面包，我已经很久没吃热乎乎的东西了。"

他让巧姑娘坐在身旁，他们两个人一起把面包当作早点，还吃了点金黄色的小苹果。

"我知道你干什么来了，"严寒老人说，"你把水桶掉在我的井里了。我可以还给你水桶，不过你得给我干三天活儿。如果你聪明机灵，那你会有好处的；如果你偷懒耍滑，那你可没好处。现在啊，"严寒老人补充了一句，"我这老头儿该休息了。去给我铺床。注意，把鸭绒褥子拍得松松的。"

巧姑娘照办了……她到严寒老人家里去了。严寒老人家的房子整个是用冰砌成的。门窗地板全是冰的，四面墙壁用无数雪花装饰着。太阳光在上面闪烁，屋里一切都像金刚钻似的光芒四射。严寒老人的床上铺的不是鸭绒褥子，而是蓬蓬松松的白雪花。实在冷极了，但是，一点办法也没有。

巧姑娘动手将雪搅松，好让老人睡觉的时候觉得软一些。可怜她的两只手都冻僵了，纤细的手指头发白了，就像冬天在冰窟窿里洗衣服的穷人似的——冷得要命。寒风吹面，衣服冻冰，她直挺挺地站在那儿，一点办法也没有——穷人得干活儿呀。

"没有关系，"严寒老人说，"你用雪搓搓手指头，就会暖和过来，不会冻坏的。我可是个好心的老头儿；你瞧瞧，看看我这儿有什么稀罕玩意儿。"

他说着，把雪花鸭绒褥子和被子掀了起来，巧姑娘看见在鸭绒褥子底下钻出了小绿苗。巧姑娘很心疼那些可怜的小绿苗，她向严寒老人说：

"喏，你说你是个好心的老头儿，可你干吗把小绿苗压在雪花鸭绒褥子底下，不让它们长到世界上来呢？"

"我不放它们出来，是因为还不到时候，庄稼还没有到生长期。秋天，农民种下了它，它就发了芽，假如它现在长大，冬天它会冻坏的，到夏天就不能成熟了。所以，我用雪花鸭绒褥子把小绿苗盖起来，自己还躺在它上面压着，不让雪花被风刮走。等春天一来，雪花鸭绒褥子融化了，绿苗将抽穗，那时你再看看，还要结麦粒呢！农民打下麦粒，送到磨坊去，磨坊工人把麦粒磨成面粉，巧姑娘你就可以用面粉烤面包了。"

"严寒老爷爷，请你告诉我，"巧姑娘说，"你干吗待在井里呢？"

"我待在井里，是因为春天快来了呀！"严寒老人说，"我觉得很热。你知道，夏天井里都很凉快，即使在顶炎热的夏天，井水都是冰凉冰凉的。"

“严寒老爷爷，”巧姑娘问道，“你干吗冬天在大街小巷里走来走去，敲一家家的窗户？”

“我敲窗户，”严寒老人回答道，“是为了提醒人们别忘了生炉子和按时关上烟道呀！要不然，我可知道，有那种马虎人，他们虽然把炉子生上了，可是忘记关烟道，或者关得不是时候，没等煤全部烧透，就把烟道关上了，弄得屋里尽是煤气，人们的脑袋痛，眼睛发胀，煤气甚至还能把人熏死呢。此外，世界上还有冬天挨冻的人，他们没有冬大衣，也没有钱买木柴，我敲窗户，是为了让大家别忘记帮助那些人。”

好心的严寒老人说到这里，摸了摸巧姑娘的头，就躺到雪床上睡觉去了。

这时，巧姑娘把屋里到处都收拾干净，到厨房做好了饭，又把老人的外衣和内衣全缝补好、织补好了。

老人醒来时，对一切非常满意，他向巧姑娘道谢。后来，他们坐下来吃午饭。午饭丰盛极了，特别好吃的，是老人亲自做的冰激凌。

巧姑娘就这样在严寒老人家里住了整整三天。

第三天，严寒老人向巧姑娘说：

“谢谢你！你是个聪明的小姑娘，你给了我这个老人很大安慰，我不会欠你的情。你知道，人们干活儿是可以赚钱的，现在我把水桶还给你，我往水桶里放了一大把五戈比银币。另外，我还送给你一个小钻石别针作纪念，你用它来别你的围巾吧！"

巧姑娘向严寒老人道谢后，别上小钻石别针，拿了水桶，向井口走去。她抓住绳子，顺着绳子又爬回人间去了。

她刚走到家门口，她经常喂的那只公鸡看见她，高兴极了，立刻飞上围墙，大声叫道：

喔喔喔！喔喔喔！
巧姑娘的桶里钱多多！

巧姑娘回到家里，把遇到的事情全讲了。保姆感到非常惊讶，后来她说：

"懒姑娘，你看，干活儿能挣到什么！你也到那个老头儿家里去吧！为他辛苦几天，干几天活儿吧！你给他收拾收拾屋子，在厨房里做做饭，把他的内衣外衣都缝补好。那样，你也可以挣一把五戈比银币，那将是很及时的，因为我们正缺过节用的钱呢！"

懒姑娘很不乐意到老人那儿去干活儿，但是她希望得到一把五戈比银币，也想得到一个小钻石别针。

于是懒姑娘就照巧姑娘那样走到井边，抓住绳子，扑通一声一直滑到井底。到了井底，她一看，前面有个炉子，炉子烤箱里有个面包，焦黄焦黄的，烤得很有火色。面包从烤炉里一面朝外张望一面说：

"我已经熟了，烤得焦黄焦黄，还放了葡萄干和砂糖。谁把我从炉子里拿出来，谁就可以带我走！"

懒姑娘对它说：

"哼！我才不干那事儿哪！我可不能让自己受累，我可不愿意拿起铲子往烤炉里送。你要是想出来，就自己蹦出来吧。"

她继续往前走。前面是一座花园，花园里有一棵树，树上结满了小小的金黄色苹果。苹果抖动着树叶，说：

"我们是熟透了的、多汁的小苹果；我们用树根吸取养料，我们用冰凉的露水洗澡；谁把我们从树上摇落，我们就归谁所有。"

"哼！我才不干那事儿哪！"懒姑娘回答，"我可不能让自己受累，我可不愿意抬起两只小手，抓住树枝摇……等你们自己掉下来，我再拾也来得及！"

懒姑娘说完就从苹果树旁边走过去。她走到了严寒老人那里。老人还像以前那样坐在冰制的长凳上吃雪团子。

"小姑娘，你有什么事？"他问道。

"我来找你，"懒姑娘回答，"我想干几天活儿，挣点工钱。"

"小姑娘，你说得有道理，"老人回答，"干活儿是要给工钱的。不过，咱们得看看，你活儿干得怎么样！你去把我的鸭绒褥子拍拍松，然后给我做饭，再给我缝补外衣、织补内衣。"

懒姑娘向老人家里走去时，一路上想道：

"我才不让自己受累呢！我才不让自己的手指头挨冻呢！也许老头儿看不出，他在没有拍松的鸭绒褥子上也照样能睡着。"

不知道老人是真没看出，还是假装没看出，反正他往床上一躺就睡着了。懒姑娘到厨房里去了，她在厨房里不知道应该干什么。她爱吃，可是她从来没想过怎样做吃的东西，而且她也懒得去瞧别人怎么做。她朝四周一看，有蔬菜，有鱼，有肉，有醋，有芥末，有克瓦斯——样样俱全。她琢磨来，琢磨去，好歹把蔬菜收拾干净了，把鱼和肉切成块儿，然后为了省事，将洗过的蔬菜和鱼、肉一起放在锅里，再加上点芥末，倒进点醋和克瓦斯，心里想道：

"何必一样一样单做，自找麻烦呢？反正到了肚子里全混在一块儿了。"

老人醒了，要吃饭。懒姑娘将锅给他囫囵端来了，连台布也没有铺。严寒老人尝了一口，立刻皱起眉头，只听见他嘴里的沙子被牙齿硌得嘎吱嘎吱响。

"你的饭做得可真不错呀！"他笑眯眯地说，"咱们再瞧瞧，你别的活儿干得怎么样。"

懒姑娘尝了尝，马上吐了出来。老人呼哧了一会儿，只好亲自动手，做了一顿美味可口的午饭。懒姑娘吃别人做的饭津津有味，把手指头都舔干净了。

老人吃完午饭，又躺下休息。他提醒懒姑娘，他的内衣没有织补，外衣也没有缝补。

懒姑娘恼了一会儿，但没有办法，只好翻开老人的内衣和外衣查看。但是，这时候她也为难起来，因为懒姑娘虽然穿过内衣外衣，可是从来没问过，衣服是怎么做的。她没有拿惯针，所以一拿起来，就被针尖刺破了手，赶紧把针丢下了。老人又好像什么也没有发觉似的，他叫懒姑娘过去吃晚饭，然后让她睡觉去。

这正合懒姑娘的心意。她暗自想道：

"也许这样就能对付过去。妹妹何必自找麻烦，干那些活儿呢！老头儿对人挺亲热，就这样，平白地，他也能送我一大把五戈比银币。"

第三天，懒姑娘求严寒老人放她回家，并把工作报酬给她。

"你干了些什么活儿呀？"老人问道，"说实在的，你还应该给我钱呢！因为不是你为我干了活儿，而是我为你干了活儿。"

"哎呀，那可不行！"懒姑娘回答，"要知道，我在你这儿住了整整三天呀。"

"亲爱的，你知道我要跟你说什么吗？"老人说道，"住在这儿跟给我干活儿，可是两码事；干活儿与干活儿也不同。你记住这话，将来会有用的。不过，假使你不觉得受良心责备的话，我也可以给你点奖赏——你干的活儿值多少钱，我就给你多高的奖赏。"

严寒老人说完这几句话，就把一个非常大的银锭放到懒姑娘的一只手里，又把一颗非常大的钻石放到另一只手里。

懒姑娘高兴极了，急忙将两件东西抓在手里，连谢也没有谢老人一声，就跑回家去了。

她回到家里大吹其牛，说：

"瞧，我挣来了什么。妹妹可没法跟我比，我挣来的不是一小把五戈比银币，也不是一颗小钻石，而是一个大锭——嗏，多重啊！——还有一颗差不多有拳头大的钻石——用这个，过节可以买新东西了……"

我把春天捉住了

她的话还没说完，银锭竟化了，流到地板上去了。原来那是一团冰冻的水银。这时候，钻石也开始熔化。公鸡飞上围墙，大声啼叫：

喔喔喔！喔喔喔！
懒姑娘手里冰箸握！

孩子们，你们想一想，猜一猜，这篇童话里，什么是真实的，什么是虚构的；哪些话是照直说的，哪些话是绕弯儿说的；哪些话是说着玩的，哪些话是有教育意义的……

［王汶　译］

牵手阅读

有的时候正话反说给人带来的冲击力和震撼力更大，真没想到严寒老人竟然和懒姑娘开了一个大大的玩笑！故事的结尾给我们留了一个小小的思考题，你的答案是怎样的呢？

卡登堡宫

[瑞典] 伊尔玛·卡普兰

　　从前，有一个穷苦的樵夫，和他的妻子住在森林边上。他们有一个儿子、一个女儿，还有一头牛和一只猫。这就是他们的全部财产。樵夫和他妻子常常有许多事情谈不拢，当樵夫要做这件事的时候，他妻子往往就要做另一件事。

　　一天，他们为吃饭的事吵起嘴来。他们过去也经常这样。她想："即使今天晚上我为丈夫做出喷香的好吃的布丁，他也照样会唠叨，找麻烦，不会例外。"她认为每次吵嘴都是丈夫挑起来的。她丈夫也这样想："今天晚上，就是她把一些猪汤狗食拿到桌上来，我也会吃，看她还会不会啰唆。"当然他认为一切争吵都是妻子的过错。

　　那天，他们干完了一天的活，一家人坐下来吃晚饭，每人都分到一份布丁。樵夫惊奇地发现，这回布丁的味道非常好，他吃完后又走到炉子旁边去，看看盘子里是否还有剩余。可是他妻子一看见他去拿盘子，便立刻冲了过去，从他的手里把盘子夺走了，并且大喊大叫："布丁是我辛辛苦苦做出来的，盘子里剩下的应该留给我吃。"说着手拿盘子，飞快地跑到外面去了。这时她丈夫拿起一个勺子，跟在她后面紧追，嘴里还喃喃地说："我要让她看看，我是这家的主人。"

两个孩子站在门口，眼睁睁地望着他们的父母不见了——一个手里拿着盘子，一个手里拿着勺子。他们寻了一夜。到第二天，第三天……多少天过去了，父母还没有回来。这时候，男孩子对他妹妹说："我们待在这里干等爸爸妈妈，恐怕一辈子也不会有结果。假如你同意，我们就分家，各谋生路。"

"除了这头牛和这只猫以外，我们有什么可分呢？"妹妹说。

"那么我就要这头牛，你把那只猫拿去吧。"哥哥抢先一步说。

妹妹正想抗议，提出这种分家的办法不公平，忽然感到有什么在她的腿上蹭来蹭去，还听见一个声音说：

"让我跟你在一起吧，对于这个选择，你将不会后悔的。"

这时，她看见猫儿就站在她身旁，用一种极亲热的表情向她点头。她就把猫儿抱在手里，对她的哥哥说："好，你把牛牵走吧，我就要这只猫。"

妹妹是个勤劳的女孩子，心地善良。许多家务事总是她抢着干，当父母吵嘴抬杠，饭没有人做的时候，总是她把饭做好，让大家吃饱。这只猫无人管，每次也都是她喂，所以猫非常喜爱她。这猫也是一只勤劳的动物，非常聪明，捉老鼠特别有办法。

哥哥得意扬扬，高兴地牵着牛，急忙向妹妹告别走了。他要到辽阔的世界里去碰运气。他也怕妹妹反悔，不愿意要那只猫。

当哥哥把后门砰的一声带上时，猫儿就转过身来，对这个女孩子说：

"听着，如果你严格按照我的忠告办，将来你一定能得到很大的幸福。"

女孩子答应按照它的忠告去做，因为她确实也没有别的办法。

"那么让我来吧，我们立刻出发。"猫儿说，"不过我们不要像你哥哥那样走大路，我们可以穿过树林走小路。"

于是女孩子和猫儿就走过树林。当女孩子在两行枞树之间走过的时候，忽然感到周围有一种神秘的怪诞的气氛。微风在树枝间叹息，树木也在前后摇摆。她知道特洛尔这种怪物和她一起处在这种环境里了。当她一想到这些怪物，就不由得害怕起来。

不过，她还是继续往前走，直到她累得挪不动步子。猫儿叫她休息一会儿。他们似乎已经走过了长有枞树的那一部分林子，现在这儿只有一些高大的橡树，看来，不需多久就可以走出树林了。

这时猫儿要她脱掉那些破旧的衣服，她很奇怪。不过猫儿告诉过她，要按照它的忠告行事——只有这样，她才会得到幸福。于是她就脱下身上的衣服。猫儿把这些衣服撕成了碎片，撒在地上。

"你这是为了什么？"女孩问猫儿。

"请不要多问，照我说的话办就得了；相信我，会给你带来幸福的。"猫儿回答说。它叫女孩藏到树上，自己则向离这里不远的一座皇室宫堡走去。女孩单独爬上一棵大橡树，藏在那上面。她感到很害怕，因为她什么衣服也没有穿，只有一堆漂亮的金黄的长头发盖住了她的身体。但她仍然相信这只忠诚而又聪明的猫儿。当然，她希望它能尽快回来。

猫儿径直往皇室的宫堡跑去。在那里它对每一个人说，它遭遇到一件可怕的灾难。它的主人，一位公主，旅行通过森林的时候，遭到一大群残酷的强盗的袭击。除了公主和它自己以外，随从的用人全部被杀死了，他们的尸体也被拖走了。公主所戴的珠宝以及身穿的漂亮衣服，全被抢劫一光，现在这位公主藏在一棵树上，不敢下来，因为她没有穿衣服。

国王听了这个消息大吃一惊。他认为他的王国里不应该发生这样的事情。于是他马上命令王子到森林中去调查，同时派了宫里的臣仆，带些漂亮的衣服和公主所需用的一切，陪同前往。王子来到猫儿所说的强盗袭击过的那块地方，发现这里的情景和猫儿所说的完全吻合。皇室的随行人员全都无影无踪，只有一些衣服碎片散落在地上。显然这里发生过一场搏斗。他只能看见一位公主隐隐约约地藏在一棵大橡树的叶子后面。她真是一位漂亮的人儿，王子还从来没有见过一个女子有如此美丽。她身上裹着一层可爱的金发，她无疑是一位真正的公主。看来猫儿所说的每一句话都是可信的。于是王子命令随从立即把衣服送给这位外国公主，并且请她作为国王和王后的客人一同回到宫里。

女孩马上穿上了王子带来的一身美丽的丝绸衣服。这时王子走上前去，扶着她坐进了一辆华贵的车子——这是他特地带来迎她进宫的。

　　这位穷苦樵夫的女儿从来没有想到过这些美妙的东西。但是聪明的猫儿一直陪伴在她身边，教她在会见国王和王后的时候，如何说话，如何显示出有教养和礼貌。猫儿还告诉她，如果她一时回答不出王后的问话，就说："这里的一切和我美丽的卡登堡宫的情况完全不同。"

　　她来到王宫以后，王后果然热情地接待了她。国王看见她时，也对王后说，他从来没有看见过这样可爱的人儿。不过王后对她是不是真正出生于皇室，还存有一点怀疑，虽然王后也不得不承认这位美丽的客人的外表和举止都很像一位高贵的公主。王子对他母亲说，他已决心要和这位美丽的外国公主结婚；在这个世界上任何女子他再也看不中了。王后只好下决心来弄清事实真相。

　　在参加晚宴之前，她送给女孩一件华丽的、拖着长裙的晚礼服穿。王后想："假如她是一位真正的皇室公主，她一定懂得穿上它以后怎样走路。"

　　那只忠实的猫儿早已在王宫各处巡视了一番，并了解到王后的心思，它立即跑过来提醒它的主人，同时教她穿上这件长拖裙礼服时怎样走路。然后它就走开了，因为它还要去探听这位狡黠的王后下一步有什么打算。

　　当它又来到宴会大厅时，发现王后已经在那里，晚宴就要开始了。它恰好听见了王后和司仪官的一段对话。

"假如她是一位真正的公主，她一定懂得第一道菜要用银杯子，第二道菜要用金杯子。"司仪官说。这时，猫儿已经来不及提醒它的主人了，因为客人们正在入席。女孩子穿着那件长拖裙的漂亮礼服，头上戴着一顶王子送给她的皇冠，也正走进客厅里来。每个客人看见这位美丽的外国公主，都感到惊奇，除了王后以外，没有人不相信她是一位真正的公主。

　　王子走过去迎接她，扶她入席。王后提议大家品酒。女孩子等着看客人们怎样行动，因为她认为金杯子比银杯子更好看，所以便打算举起金杯子。正好这时，有件东西在抓她的腿。她知道这一定是那只忠诚的猫儿在提醒她，不会有别的人。于是她又换了银杯子。这时王子以胜利的神情瞥了他的母亲一眼，好像是说："一开始我就认为她是一位真正的公主嘛。"

　　可是，王后仍然不十分相信这一点。她想："假使她和我的儿子结婚，我一定得把这事查出真凭实据。"

　　因此在这位公主晚间去睡觉以前，王后就到客房去，在专为客人而设的御床上的垫子底下放了一些干稻草。她想："如果她是一位真正的公主，她不会感觉不到。"对于她的这个计策，她感到很得意，便离开了客房。但她没有注意到，猫儿一直跟在她后面，把她的这些安排全都瞧见了。

樵夫的女儿那晚一走进客房，就发现猫儿正在等待她。猫儿把这位多疑王后的一切布置都告诉了她，并且教给她第二天早晨见到王后时应该如何对答。

第二天吃早饭时，王后问女孩子说：

"昨天晚上睡得好吗？"

女孩子按照猫儿教给她的话回答：

"谢谢您，陛下，我睡得很好，因为我累了。不过我觉得我垫子下面好像有一棵树。我相信，我周身现在是青一块紫一块，这里的一切和我美丽的卡登堡宫的情况完全不同。"

现在王后觉得这个女孩子肯定是一位出身高贵的公主了。她再也没有更多的理由来反对这个女孩子和她儿子之间的婚事。因此让他们订了婚。于是王子便问女孩子，他们什么时候旅行到美丽的卡登堡宫去，在那里举行婚礼。对此，这个女孩子没有回答。

一天，王子和他的未婚妻在宫廷的公园里散步，她偶然掉头向森林那边望去，发现一个端着盘子的妇人正被一个手拿勺子的男人追赶着。她不由得大笑起来。王子问她有什么滑稽的事使她发笑，她不知怎样回答好，便按照猫儿教她的话说："这里的一切和我美丽的卡登堡宫的情况完全不同。"

"喔，你总是谈你的那个美丽的卡登堡宫，"王子生气地说，"我想现在是我们到那里去举行婚礼的时候了。"

女孩子开始焦急起来。当她单独和猫儿在一起的时候，她就把王子和她讲的话告诉了它，她甚至还后悔，她不该老听猫儿的话。

"不要急，相信我吧，"猫儿说，"你会看到，我能带给你幸福。现在你到王子那儿去，告诉他准备进行一次长途旅行，越快越好。如果他愿意的话，明天早晨就出发。"

女孩子不知道这一切将会带来怎样的结果。猫儿真是把她弄得进退两难，可惜她又找不出解决的办法。不过有许多事实证明，它是一只聪明伶俐的猫儿，只好相信它。

第二天一早，王子命令宫里的人为他备好长途旅行所需的马车和其他的东西。在一切准备停当以后，他们的旅行就开始了，为首的是御车，里面坐着国王和王后，还有王子和他的未婚妻。后面跟着的是一些宫车。里面坐些随行人员，宫廷里的骑士和贵妇人。这个行列在众人的眼中确实壮观。

猫儿说过，这是一次长途旅行，因此大家都准备在路上颠簸好几天。当夜幕降临时，他们就在路旁扎营歇宿。

一行人终于来到了一个国度，那里有一个可怕的特洛尔。每天晚上他总要出来偷窃和抢劫，因此他的那座结实的宫殿里堆积了无数的金银和财宝。这座宫殿本身也是辉煌壮丽的。当然，像别的宫堡一样，这里有雄伟的高墙和耸立的尖塔。不过它的屋顶是纯金的，圆柱也是纯金的。住在这里的特洛尔也是一个普通的特洛尔：他有一条长尾巴，一个大鼻子，从他的头上还伸出两只大耳朵。他的年纪不是太老，只有五百岁，和他的亲属相比，他还算是一个年轻的小伙子。他希望再活下去，活到一千岁——在他的家族里，这也并不算是一件稀罕事。他认为他没有什么理由不活到这把年纪。他唯一害怕的就是太阳。他像大多数的怪物一样，受不了明朗的阳光照射。如果他直接朝太阳光望去，他就会爆炸。不过他认为要避免这类的事也很容易：只要在太阳升起之前回到宫里来就行了。那天夜里他到外面去作案已经完毕了。

　　聪明的猫儿了解这一切情况。当皇家扎营地的每一个人都已经入睡以后，它可没有休息。它尽可能快地连夜跑到有金屋顶和金柱子的豪华宫殿那儿。宫殿的厚门是用橡树做的，上面还用金子包了一层，此外，还有一个很大的钥匙孔。猫儿钻进钥匙孔里，在孔里摇身一变，变成了一个面团，把钥匙孔的每个缝隙都封住了。

　　这时，天快亮了，天空现出了第一道彩霞，太阳的光线放射出来。人们可以听到一种沉重的脚步声越来越近，整个大地都摇撼起来，这就是特洛尔在走回家。很明显，这天早晨，他回宫有点儿晚了，因为当他把钥匙取出来，捏在手里，正准备把它伸进孔里开门的时候，发现有件什么东西堵住了钥匙孔。噢，这是怎么一回事呢？特洛尔马上急得跳了起来。

　　"开门，开门！"他一边敲门，一边喊。

　　"啊，请你等一会儿，等我把事情的经过向你说清楚。"面团用轻微的声音说，"最初他们揉我，几乎把我揉死。"

　　"开门，开门！"特洛尔又喊起来。

　　"你必须等一会儿，稍微等一会儿！等我把事情的经过讲完。他们最初揉我，几乎把我揉死。然后又在我身上撒满了面粉，几乎把我闷死……"

　　"开门，开门！"特洛尔喊，同时狂暴地敲着门。

　　"请不要打断我呀，我不是说过，我先要把事情的经过说完吗？最初他们揉我，几乎把我揉死。然后又在我身上撒满了面粉，几乎把我闷死。最后他们把我碾开，几乎把我碾死。"

民间传奇

现在，这位特洛尔狂怒了。他用拳头捶门，用沉重的靴子踢门。整个宫殿听起来像要被他踢倒似的。可是那个面团仍然不动声色地讲下去：

"你没听见吗？我必须先把事情的经过讲给你听。最初他们揉我，几乎把我揉死。然后又在我身上撒满了面粉，几乎把我闷死。后来他们把我碾开，几乎把我碾死。最后他们想把我烤成面包，几乎把我烤死。"

这时，这位特洛尔倒真的害怕起来了，他发出一种卑微的声音，哀求说：

"噢，亲爱的，亲爱的，请开门吧，请让我进去吧！"

可是这个面团仍然留在里面，它忽然说：

"请你掉转身去看看，有个多么美丽的姑娘在向这边走来。"

特洛尔掉转身去，这时，太阳已经挂到树梢上了。他的眼睛正对着太阳，他立即仰面朝天地倒在地上。砰的一声，这个特洛尔爆炸了。这个奇丑的特洛尔现在什么也没有留下来。只在地上剩下一块潮湿的痕迹，而这痕迹也很快被太阳晒干了。

于是，这个面团又变回一只猫，从钥匙孔里跳了出来。它走进宫殿里去，告诉那里的每一个人，说他们已从他们可怕的主人——那个丑恶和狡猾的特洛尔手里解放出来了，他们新的女主人——卡登堡宫的美丽的公主——和她的未婚夫就要到来了。它还要他们立刻为一场富丽堂皇的婚礼做好准备。整个宫殿这时在兴奋和愉快的气氛中沸腾起来了，因为他们被这个邪恶的特洛尔奴役的日子一去不复返了。在兴奋中，他们拥到路上去，欢呼着。

当他们看见长长行列的御车接近宫殿的时候，他们把帽子抛向空中，高呼："万岁！"

这时坐在前面第一辆车子里的王后，命令她的车夫停车。她伸出头来向外望去，感到非常惊奇，他们为什么这样兴高采烈。

"我们是在欢迎我们的主人——卡登堡宫美丽的公主。"大家对她说。

王后和国王都怔住了，王子也同样是如此。不过最感到吃惊的是坐在他旁边的这个女孩子，对于这一切她不知该怎么说好。更使她感到吃惊的是御车在这金碧辉煌的、有金屋顶和金柱子的建筑前面停下的时候，大家这时都承认，她告诉他们的"这里的一切和我美丽的卡登堡宫的情况完全不同"那句话是绝对正确和真实的。

第二天举行的婚礼，是那么豪华，每个参加的人都感到终生难忘。

王子和公主非常幸福，他们封这只忠实和聪明的猫儿为皇室的光荣成员。从此以后，王子、公主和他们的猫儿就在美丽的卡登堡宫愉快地度过了一生。

　　　　　　　　　　　　　　　［苑茵　译］

牵手阅读

　　勤劳、善良的人更容易得到命运之神的眷顾，也更容易得到真心。大家还记得《十二个月》里前妻的女儿和《严寒老人》里的巧姑娘吗？这几篇故事说的都是这个道理啊！

把你带进春天里

迎　春

张士杰

从前，梨、桃、杏是三姐妹——梨树是大姐、桃树是二姐、杏树是小妹，每年在春天要来还没来的时候，她们总是一齐长骨朵开花，给人们迎接春天。人们一见那白嫩嫩的梨花、红艳艳的桃花、粉润润的杏花，就知道春天快要来了，纷纷开始耕地，等春天来了好种地。人们很喜爱这三姐妹，都说她们又热心又勇敢，都夸她们是给大伙迎春报春的好姐妹。

可是迎春并不是容易的事。每逢春天要来还没来的时候，天气虽然渐渐暖和起来了，可是却还有意外的变化——有时候天气突然又变得很冷，有时候又会突然刮起了大风。天气一冷，冻得花骨朵就会很难开放；大风一刮，就会把花瓣打落不少。渐渐地，梨树经不住天冷和大风的磨炼，害怕起来了。

这年又到了三姐妹迎春的时候。

梨树说："二妹呀，小妹啊！你们听我说——咱们今年别老早地开花啦，晚着点再开花吧！"

桃树说："大姐呀！这是为什么呢？"

杏树说："大姐啊！咱们年年早开花给人们迎春，今年哪能晚开花呀？"

梨树说："你们难道不知道吗？天气一冷，咱们的骨朵就冻得很难开成花朵；大风一刮，就会打落咱们的花瓣，这多难受哇！咱们要是晚开花——等春天来了以后再开花呢？那时候，天气再也不会冷了，再也不会刮大风了，咱们再也不担心挨冻了，再也不害怕打掉咱们的花瓣了：那多舒服哇！"

桃树说："大姐说得对，那咱们就晚开花吧！"

杏树说："大姐，二姐！咱们一开花，人们就知道春天快要来了，就该耕地了，哪能晚开花呢？天冷和大风算不了什么——只要咱们不怕冻，使劲开，花骨朵就能开出花来；只要咱们把花开得壮，长得牢，就不怕大风吹打！咱们就是挨点冻，打掉一些花瓣，能给人们迎来春天，那也是很快乐的呀！咱们不能晚开花。"

梨树说："小妹！你总是先想着给人们迎春，就不想着自己啦？你真是个傻子呀！"

桃树说："小妹呀，你说得也对。可是大姐说的是为咱们好。我看咱们还是听大姐的吧。"

　　杏树说："咱们光图自己舒服，就晚开花，那样人们就会错过节气了！咱们自己舒服啦，误了人们种地，这样算是好吗？害怕才寒碜哩！"

　　梨树说："小妹！你要不听话就早开花！二妹！咱俩晚开花！"

　　桃树说："这可怎么办呢？大姐说得有理，小妹说得也有理，我到底是早开花还是晚开花呢？"

　　杏树说："大姐呀！我不能听你的话，你说我是傻子就是傻子，我还是要早开花的。二姐呀！你要听大姐的就晚开花，你要听我的就早早把花开出来吧！"

　　杏树不怕天冷和大风，迎着冷风照常长骨朵开花了；桃树总是三心二意的，只长了骨朵并没开花；梨树害怕天冷和大风，既没长骨朵更没开花——从此，这三姐妹就不是一齐开花迎春了。

　　人们一看杏树开了花，知道春天快要来了，忙纷纷动手耕地，等春天一来，好按时令把地种好。可是人们只见杏树开花，没见梨树和桃树开花，不由得纷纷说：

　　"大姐和二姐怎么不开花啦？"

　　"哈哈！准是怕天气冷、怕大风刮了吧？"

　　"小妹不怕天冷和大风，照样给咱们迎春。小妹多热心呀！小妹真勇敢啊！"

"要是小妹再不开花，咱们就误了种地啦！小妹真是好小妹啊！"

桃树听了人们的话，心里直发热，脸儿直发烧，立刻不安定起来，前思思，后想想，觉着还是小妹做得对。她再也不听大姐的话了，急忙裂了骨朵开了花。因为直到杏树开花以后，桃树才拿定了主意，所以开得晚了——从此，桃树开花就比杏树晚了。

人们一见桃树开了花，虽然比杏树开得晚了，可是她到底把花开出来了，也不愧是好样的，不由得又纷纷说：

"二姐也开出花来啦！"

"二姐想跟小妹学啦！"

"二姐也没忘了迎春！"

"二姐也是好二姐啊！"

梨树听了人们的话，也不思来想去，也不觉着局促，只想着春天来了以后开花才舒服，还是没长骨朵不开花。一直等到春天来了以后，天气暖暖和和，惠风徐徐畅畅，梨树这才悄悄地长出骨朵开了花——从此，梨树开花比桃树又晚了。

人们一看，梨树直到春天来了以后才开花，不由得都笑话她——一直到如今，人们一见梨树开花了，还这样说呢：

桃花开，

杏花谢，

谁管梨花叫姐姐？

牵手阅读

　　大家都学过二十四节气歌吧，农民伯伯们在日常劳作中摸索气候变化、物候特征和农业生产之间的关系，经过长期的经验总结，最终形成二十四节气歌，用于指导农业生产活动，它是我国传统农业文明的结晶。开花迎春对于农耕的意义重大，梨树、桃树可不能恣意妄为啊！多为别人考虑的花儿更易赢得人们的尊重和喜爱。

花孩子

葛翠琳

天气还比较冷，花孩子们却准备开花了。迎春花、杏花、桃花、梨花、石榴花，它们欢乐地笑着叫着："春姑娘就要来了。我们要开美丽的花，怎么找到颜色呢？"

夜晚，满天星星，一闪一闪像灯笼。

迎春花抬头望着天空，细声细气地说："星姑娘，你别掉下来呀！会摔疼的！"

星星温柔地说："谢谢你，迎春花，我在练习跳舞，不会摔下去的。你怎么还不睡觉呀？"

"春天快来了，我要开花了，可我还没找到颜色呢。我要开出美丽的花，让世界变得更美丽。你能告诉我，到哪儿去找颜色吗？"

星姑娘说："你真是个可爱的孩子，我把金黄的颜色送给你吧！"说着，把金黄的颜色抖搂在迎春花的脸上。

清早，石榴花很早起了床，东方的朝霞染红了天空。石榴花尖着嗓子欢呼："多美丽的朝霞呀！你能不

把你带进春天里

能永远停留在天上？我不愿意你走。"朝霞亲切地说："可爱的石榴花，我会常常和你见面的，你怎么起得这么早呀？"

"我要开花了，可我还没有找到颜色。我要开出美丽的花，使世界变得更美丽。你能告诉我，到哪儿去找颜色吗？"

"你真是个可爱的孩子，我把红颜色送给你吧！"朝霞说着把鲜红的颜色抖搂在石榴花的脸上。

桃花、杏花怕冷，爱睡懒觉，天不黑就钻进被窝里，睡到第二天中午才起床。它们只是吵嚷着："我怎么找到颜色呢？"嚷完了就睡懒觉。梨花呢？白天黑夜都躲在被窝里，睡了又睡，睡个没完。

春风吹，青草发芽了。迎春花开出了金光闪闪的黄花，桃花、杏花、梨花还没找到颜色，急得哭了。石榴花把红颜色分给它们一些，桃花、杏花高兴得笑起来。梨花不好意思地说："石榴花，你真好。希望你开出最美的红花来。你的颜色不多了，不要再送给我了，我就开白颜色的花吧，好让我永远记住自己的缺点。"

就这样，梨花开出了白色的花，桃花、杏花害羞地开出了粉红色的花。石榴花呢？最后才开花，但它开出来的，却是红艳艳的花朵。

　　一枝独放不是春，百花齐放春满园，花儿们都在为迎接春天忙碌地准备自己的花衣裳呢！乐于助人的石榴花并没有减少自己的颜色，红艳艳的花朵不正是对它热心肠最好的奖励吗？

春天来了

林　良

春天来了。他从很远很远的地方来了。

春天对满天的北风说："你们走吧，这里已经没有你们的事情了。"

那些冰冰的、凉凉的、力气很大的、叫声很高的北风，都不敢再吵闹，一个个静悄悄地溜了。

春天对已经睡了很久的天空说："睁开你蓝色的眼睛，不要再睡了。"

春天对太阳说："走过来一点，靠近我一点，把大地烤暖和一点，从今天起，早上要准时上班，不许迟到，也不许躲起来睡觉。"

春天用袖子拂去了山头的积雪。

春天拍拍手，转动他的身子，面向东，面向南，面向西，面向北，和气地说："你们听着，你们这些小草听着，穿上你们的绿色小围裙，从冻硬了的地里走出来！手拉着手，一起出来！把这一块硬硬的、光秃秃的大地，变成一块绿绿的、软软的地毯。"

春天用手指轻轻敲一敲干干瘦瘦的树枝，轻轻地说："吐新芽的时候到了，吐新芽的时候到了。"

千千万万、万万千千的雨点儿，在云里排好了一行一行的队伍，整整齐齐地等着，安安静静地等着。他们的领队，细声地问春天，说："春天，春天，你要我们怎么做？"

春天说："我不要你们呼叫，我不要你们成群结队向地上猛冲。我要你们排成细长的队伍，一个一个，按照顺序，斯斯文文地，轻轻柔柔地，向地上飘落。我不许你们碰坏地上的任何东西。现在地上的东西都是新的，都是我最爱惜的。"

雨点儿的领队说："你的意思我们懂。你是要我们轻轻地，像仙女跳舞似的，像羽毛飘落似的，不发出一点声音地走下去，把大地弄得滋滋润润的，是不是？"

春天说："我会替你们排一个很好的时间表。你们安安静静地等吧。到时候，我会叫雷敲敲鼓，通知你们出发。"

雨点儿的领队走了回去，把这个消息告诉所有的队员。雨点儿们就快快乐乐地等起来了。

春天对小溪说："再过几天，你就会有很多很多很好听的水啦。那时候，你就可以淙淙淙淙地弹琴了。"

春天也对池塘说："不久以后，你就要涨满水了。那时候，就会有许多小鱼来跟你做伴儿了。"

春天对桃树林说："你们可以开花了，一朵接着一朵地开。我要你们开得山坡一片粉红，像青山的一条腰带。"

春天对杜鹃花说："你们也开。白的、粉红的、桃红的，每一种颜色都要开，让山坡变得花花绿绿的，让庭院也变得花花绿绿的，这样才好看。"

春天对所有的蝴蝶说："出来在阳光下跳舞吧！"

春天对所有声音好听的鸟儿说："唱吧！"

春天做完所有的事情，就坐在一座青山上休息。青山好像是他的小凳子。

他听到一阵小孩子的笑声。五六个小孩子，有男孩，有女孩，从木板桥上跑到田野里来。

他向小孩子招招手，小孩子看不见。

他对小孩子说："嗨！"小孩子也听不见。

但是不要紧，有一个小男孩指着地上刚长出来的小草说："春天来了！"

有一个小女孩歪头一听林中的鸟声，也说："春天来了！"

春天笑了。他说："小孩子看不见我，也听不见我，但是不要紧，他们可以从我替他们做的事情中，知道我来了，知道我就在他们附近。"

牵手阅读

读到这里，大家耳边有没有响起"春天在哪里呀，春天在哪里？"这首歌谣呢？我们都想找到春天，但是谁都说不好它到底从哪里来，在哪里。春天就像一场雨，"随风潜入夜，润物细无声"，也许早上起来打开窗子，你就能发现春天留下的痕迹。

满载着鲜花的火车

〔日本〕大石真

　　山里的动物们，正眼巴巴地盼望满载着鲜花的火车开来。

　　从温暖的南方到寒冷的北方，有一趟专门为动物开设的列车。

　　这趟火车一年有四次开到山里来：春天一次，夏天一次，秋天一次，冬天一次。在辽阔的原野上，它从南到北，从北到南，开来开去。

　　春天的时候火车装着满满一车鲜花，冒着紫色的烟，从南方开过来。

　　夏天的时候，火车里装着凉爽的风、大朵大朵的白云开过来。

　　秋天的时候，火车装载着美丽的红叶。冬天呢，车里满是冰凉的白雪，火车的方向也变了——是从北往南开的。

　　现在呢，动物们正等待着春天的火车。这列火车里，满是刚刚绽开的花朵。

　　它还没有开来，要是它来了，狸子站长会通知大家的。

"真慢哪，怎么还不来？"

动物们等得不耐烦了。他们冒着严寒，一齐跑到山下的火车站来看。

他们看见，狸子站长站在月台上，正从大衣兜里掏出一块大怀表，使劲儿地看哪！

"哎呀，站长先生，火车还没来吗？"

狗熊挺泄气地问。

"要是照往年那样，火车早该到了吧！"

猴子有些恼火地说。

"也许是火车半路上出事了……"

兔子担心地说。

可是狸子站长扶一扶制帽，不慌不忙地向大家笑着说：

"啊啊，各位先生，请不要着急。嗯——用不了多久，火车就开来啦！"

野猪问：

"'用不了多久'，到底是多久啊？"

狸子站长把手里的大怀表举起来，让大伙儿看：

"就是表上的指针，正好指着'春'的时候嘛。"

大家一齐伸长了脖子看。这块表上写着"春""夏""秋""冬"四个大字。有一个红指针，正慢慢地向"春"字上移动。

我把春天捉住了

"哎呀，快到点啦！"

"春天的火车，马上就要进站啦！"

正在这时候，站长室里的电话丁零零、丁零零地响起来。

狸子站长慌慌张张地跑进去：

"是的，我是！喂喂，好的，好的，好的！谢谢！"

狸子站长放下电话，走出来，笑眯眯地看看大伙儿的脸，接着说：

"他们通知我：春天的火车已经从前边的一站开出来，马上就要到了！"

真的。不大一会儿，草原的那一边就出现了一小朵紫色的烟。在这同时，大家的鼻子都闻到一股好闻的、花儿的香气。春天的火车，真的开过来啦！

山上的动物们一下子快活得喊叫起来，他们又蹦又跳，迎接那列满载着鲜花的火车。

[孙幼军　译]

牵手阅读

春天正满载着鲜花疾速驶来，大家都等不及啦！驶向你的春天列车里装载的是什么？

特别的伙伴

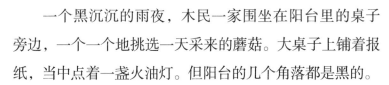

看不见的小妞

[芬兰] 托芙·杨松

一个黑沉沉的雨夜，木民一家围坐在阳台里的桌子旁边，一个一个地挑选一天采来的蘑菇。大桌子上铺着报纸，当中点着一盏火油灯。但阳台的几个角落都是黑的。

"玛伊又采来胡椒菌了。"木民爸爸说，"去年她净采蛤蟆菌。"

"但愿明年秋天她采来鸡油菌。"木民妈妈说，"或者至少不再采有毒的蘑菇。"

"希望最好的，准备最坏的。"小玛伊咯咯笑着说。

他们继续安静地挑选蘑菇。

突然阳台门上的玻璃很轻地笃笃敲了几下，不等回答，老古板就推门进来，把油布上衣上的雨水抖掉，接着她让门开着，向外面的黑暗里叫："好，过来吧！"

"你把谁带来了？"小木民矮子精问她。

"小傻妞。"老古板说，"对了，她的名字就叫小傻妞。"

她把门开在那里等着，可是没有人过来。

"唉，好吧，"老古板耸耸肩头说，"她太怕羞了，就让她在那里等一会儿吧。"

　　"她会浑身湿透的。"木民妈妈说。

　　"她连人都看不出来，也许没有什么关系。"老古板说着，在桌子旁边坐了下来。木民一家停了手，等着她说出来到底是怎么回事。

　　"你们都知道，一个人老是担惊受怕，有时候会吓得连影子都没有了。"老古板说着，把一个像小雪球似的小蘑菇一口吃了下去，"就是这样，小傻妞被一个收养她又不喜欢她的太太吓坏了。我见过这太太，她可怕极了。她倒不是爱发脾气的那种人，你们知道，发脾气还可以叫人理解，不，她是另外一种人，冷冰冰，老损人。"

　　"什么叫作损人？"小木民矮子精问道。

　　"这个嘛，假定你采了个坏蘑菇，放到刚采来的一篮蘑菇里了，"老古板说，"照说你妈妈就要发脾气，这是很自然的。但是她不发脾气，却冷冰冰地说：'我知道你有非凡的跳舞能耐，不过你能不把这种能耐用在吃的东西上面，我就谢天谢地了。'她说的就是这类话。"

　　"多不痛快。"小木民矮子精说。

　　"可不？"老古板回答说，"这个太太说话就老这个样子。她每天从早到晚都这样说话损人，这小妞最后就开始变得模糊起来，先是从边上消失，接着越来越看不见了。到上星期五她完全没了影。那太太不要她，把她给了我，说她实在不能收养这样一个连人影都看不出来的小妞。"

"那你怎么对付这个太太呢？"玛伊鼓起眼睛问道，"你打了她的头没有？"

"对那种爱说话损人的家伙，这样做是没有用的。"老古板说，"没说的，我把小傻妞带回了家。我现在又把她带到这里来，请你们想办法让人们重新看见她。"

静了一会儿，只听见阳台屋顶上滴滴答答的雨声。大家看着老古板想了一阵。

"她说话吗？"木民妈妈问道。

"不说。不过那太太在她脖子上挂了一个小银铃，因此她走到哪里人们都可以听见。"

老古板又把门打开，"小傻妞！"朝门外的黑暗里叫道。

秋天的凉意从花园透进来，一束光投到了外面湿漉漉的草地上。过了一会儿，听到外面响起很轻的丁零声，犹犹豫豫的。铃声上了踏阶，停下了。离地面不太高，可以看到挂在一圈黑缎带上的一个小银铃，那银铃悬在空气中。小傻妞的脖子看来十分细。

"好了，"老古板说，"现在这儿是你的新家，这家子有时候有点乏味，但总的说来是很不错的。"

"给小妞一把椅子。"木民爸爸说，"她会采蘑菇吗？"

"对于小傻妞我委实一无所知。"老古板说，"我只是把她带到这里来，把我所知道的一切都告诉你们。现在我有事要去做。哪天请上我那儿去，让我知道她怎么样了，好吗？再见。"

老古板走后，一家人看着空椅子和银铃，一声不响。过了一会儿，一个蘑菇从桌上一大堆蘑菇中慢慢地飘起来。看不见的手把它上面的针叶和泥弄干净。然后它被切成一片片，自动落到盆子里。另一个蘑菇又从桌子上飘起来。

"真叫人毛骨悚然。"玛伊有点害怕地说，"给她点东西吃吧。我真想知道她吃下东西之后，能不能让人看到。"

"有什么办法能使别人重新看见她呢？"木民爸爸担心地说，"我们送她去看看医生怎么样？"

"我认为不必要。"木民妈妈说，"我相信她只是暂时不想让人看见，老古板说过她怕羞，还是不要打搅她，等有一天出了什么事，相信她会一下子重新出现的。"

事情就这么定了。

顶楼东边的房间正好空着，木民妈妈给小傻妞铺了

特别的伙伴

一张床。银铃丁零丁零地跟着木民妈妈上楼，木民妈妈不由得想起曾在她家住过的那只猫。她在床边放了一个苹果、一杯果汁和三块丝光糖，家里人个个临睡时都给这几样东西。

接着她点亮一支蜡烛，说："现在好好睡吧，小傻妞。随你睡到什么时候。早晨有茶点，你爱什么时候吃就什么时候吃。万一你要什么东西，就下楼去摇你的铃好了。"

木民妈妈看着被子自动掀起，高起来形成一个空心小被窝洞。枕头自动陷下去成为一个坑。她下楼回到自己的房间，开始看她奶奶旧日记上记的家用万灵药方。红眼睛、忧郁症、感冒，都不对。看来没有一个合适的。对了，有了。在笔记本快完的地方她找到几行字，奶奶写这些字的时候，手已经抖得十分厉害了。"一个人如果开始觉得模糊看不清……"好极了！木民妈妈读了这张十分复杂的药方，马上给小傻妞配药。

银铃丁零丁零地下楼来，下一级响一级，下一级停一下。小木民矮子精已经等了它一个早晨。但叫人激动的还不是那银铃，是那双脚。小傻妞的脚正下楼来。它们很小，脚趾紧紧地合在一起。除此之外什么也看不见，太别扭了。

小木民矮子精退到瓷砖炉子后面，出神地看着小傻妞经过他朝阳台走的那双脚。现在她自己倒茶喝，杯子自动飘起来又落下去。她吃了一点涂牛油和果酱的面包。接着杯子和碟子飘进厨房，被洗干净，飘进碗柜。瞧，小傻妞还真是个做事井井有条的孩子呢。

　　小木民矮子精奔到外面花园大叫：“妈妈！她有脚！她的脚，看见了！”

　　“我正是这么想的。”木民妈妈高高坐在苹果树上想，奶奶到底有点办法。现在药开始起作用了，事情没做错。

　　“好极了！”木民爸爸说，“什么时候她把脸也露出来就更好了。跟一个看不见的人说话真叫我感到不好受。跟一个永远不会回答的人说话也是的。”

　　“嘘，亲爱的。”木民妈妈警告他，小傻妞的脚已经站在草地上落下的苹果之间。

　　“你好，小傻妞。”玛伊叫道，“你睡得像只猪。你什么时候把脸露出来？如果你不想让人看见，你的样子一定很怪。”

　　“闭嘴，”小木民矮子精悄悄地对她说，“她要生气的。”他向小傻妞跑过去说：

　　“别听玛伊的，她这个人没感情。你在我们这里非常安全。那个可怕的太太你想也不用去想她。她不能到这里来把你抓走……"

小傻妞的脚一下子又消失了，和草简直分不出来。

"小宝贝，你真是头蠢驴。"木民妈妈说，"你不能提醒她这些事。现在捡苹果吧，别胡说八道了。"

大家捡起地上的苹果。

过了一会儿，小傻妞的脚又清楚地出现了，它们爬上一棵树。

这是个美丽的秋天的早晨，在背阴处有点冷，但阳光晒来却使人觉得是在夏天。由于下了一场夜雨，样样都湿了，所有的色彩都变得鲜艳。木民一家把所有的苹果都采下来之后，木民爸爸便搬来一个最大的苹果切碎机，他们开始做苹果酱。

小木民矮子精转动摇柄，木民妈妈把苹果装到切碎机里，木民爸爸把装好的一大瓶一大瓶苹果酱拿回阳台去。小玛伊坐在一棵树上唱大苹果之歌。

忽然传来很响的吧嗒一声。

在花园小路上出现了一大摊苹果酱，上面全是玻璃片。在苹果酱旁边可以看到小傻妞的脚，它们很快地消失了。

"噢，"木民妈妈说，"这瓶苹果酱我们是送给野蜂的。很好，现在我们用不着把它送到田野上去了。奶奶一直说，你如果想要泥土种出什么，冬天就该送它点东西。"

小傻妞的脚重新出现，脚上面还可以看见一双细腿。一条棕色裙边的模糊影子。

"我看见她的腿了！"小木民矮子精叫道。

"恭喜恭喜，"小玛伊从树上望下来，"不坏，只有格罗克知道你为什么一定要穿鼻烟色的裙子。"

木民妈妈暗自点头，想到她的奶奶和药。

小傻妞整天吧嗒吧嗒地跟在他们后面转。他们开始听惯她的丁零声，不再特别注意她了。

到傍晚，大家简直都把她忘记了。大家睡了以后，木民妈妈拿出她的一条粉红色围巾，做了一条小裙子。她把它拿到楼上东边的顶楼房间去，小心地放在一把椅子上。接着她用余下来的料子做了一条束头发的宽缎带。

木民妈妈觉得无比得意，这就像过去给洋娃娃做衣服。滑稽的是不知道这娃娃的头发是黄的还是黑的。

第二天小傻妞穿上了她的裙子。如今她在脖子以下全都可以看见了，下楼吃早点时她又跳又叫："太谢谢你们啦！"

一家人觉得十分尴尬，没有一个人能想出话来说，而且即使要对她说话，眼睛也不知道看什么地方好。大家尽力看银铃上面一点，也就是小傻妞眼睛的地方，但一不小心就会看到下面看得见的东西上去，这就显得没有礼貌了。

"我们很高兴地知道，"木民爸爸清了清喉咙开口说，"我们今天看到了更多的小傻妞，看到得越多我们越高兴。"

玛伊哈哈大笑，用羹匙敲了一下桌子。"很高兴你开始说话了，"她说，"希望你有点什么有趣的话可以说说。你知道什么好玩的游戏吗？"

"不知道，"小傻妞叫道，"不过游戏我听到过。"

小木民矮子精来了劲。他决定把他所知道的游戏全教给小傻妞。

喝完咖啡以后，他们三个一起到河边去玩。小傻妞看来什么也不会玩。她只是又跳又蹦，非常认真地应答："有趣，多有趣啊，一点都不假！"但大家很清楚，她玩只是出于礼貌，一点也没兴趣。

"跑吧，你不会吗？"玛伊叫道，"也许你连跳也不会？"

小傻妞的两条瘦腿顺从地跑和跳，接着她又晃着手臂站着不动了，银铃上的空衣领看上去可怜巴巴的。

"你以为有人喜欢这个样子吗？"玛伊叫道。"你是死人吗？你想在鼻子上挨一拳吗？"

"不想。"小傻妞低声下气地说。

"她不会玩。"小木民矮子精咕噜说。

"她连生气也不会。"小玛伊说，"她的毛病就在这里。你听我说。"玛伊一面说，一面很凶地瞪住小傻妞，"你不学会打架就永远不会有你自己的脸。相信我的话吧。"

"是的。"小傻妞回答着，小心翼翼地向后退。

事情毫无好转。

最后他们不再打算教小傻妞玩了。给她讲滑稽故事，她也不爱听，听到该笑的地方她不笑。说实在的，她根本就从来不笑。这使讲故事的人大为扫兴。到头来再没有人理她，让她一个人去玩。

一天又一天过去，小傻妞依旧没有脸。只有她的粉红色裙子跟在木民妈妈后面走来走去，大家已经看惯了。木民妈妈一停，银铃声也停，木民妈妈一走，银铃声又丁零丁零响起来。在连衣裙上面一点，一个粉红色的大蝴蝶结在空气中蹦蹦跳跳。

木民妈妈继续给小傻妞吃奶奶熬的药，但没有再见效。因此过了不久，她也就不再给她吃了，觉得没有头也可以过，说不定小傻妞的脸还很丑呢！

现在大家可以各自想象她的脸是什么样子，这常常会使大家觉得更好玩。

话说有一天，一家人穿过森林到海滨去。他们要把小船拉上岸来过冬。小傻妞照旧丁零丁零地跟在后面，但一见大海，她忽然停下，接着趴在地上呜呜叫。

"小傻妞怎么啦？她是吓坏了吧？"木民爸爸问道。

"也许她过去从来没有见过海。"木民妈妈说。她弯下身去跟小傻妞悄悄谈了几句，然后重新站起来说：

"小傻妞是第一次看见海，她觉得海太大了。"

"真傻透了。"小玛伊听了就说。可是木民妈妈狠狠地看了看她说："最好你自己不要傻。现在我们把船拉上岸吧。"

他们走到浮码头，来到老古板住的小屋，敲敲门。

"你们好。"老古板说，"那看不见的小妞怎么样？"

"很好，只缺脸了。"木民爸爸回答说，"眼前她有点害怕，不过会好的。你能帮我们把船拉上岸吗？"

"当然可以。"老古板说。

当把船拉上岸翻过来时，小傻妞就吧嗒吧嗒走到水边，一动不动地站在湿沙上。他们不去管她。

木民妈妈坐在浮码头上看看下面的海水。"天啊，它看着多么凉啊！"她说。接着她伸了一个懒腰，说好几个星期没有什么值得兴奋的事了。

木民爸爸对小木民矮子精眨眨眼睛，做了个怪脸，开始从后面偷偷地向木民妈妈走过去。

　　他自然不是真想把她推下水去，像她年轻时他常常做的那样。他甚至也许不想吓着她，装出这个样子，只是想让孩子们开心开心罢了。

　　可他还没有靠近她，就听见一声尖叫，一道粉红色的闪电射过浮码头，木民爸爸大叫一声，他的帽子落到水里去了。小傻妞用她看不见的牙齿狠狠地咬木民爸爸的尾巴。那牙齿是很尖的。

　　"干得好！"玛伊叫道，"连我也做不到！"

　　小傻妞站在浮码头上。在一头红色乱发下，她那张塌鼻子小脸气歪了。她像只猫似的正在对木民爸爸嘶嘶地怒叫。

　　"你敢把她推到可怕的大海里去！"她叫道。

　　"我看见她了，我看见她了！"小木民矮子精叫道，"她甜极了！"

　　"甜你的眼睛！"木民爸爸摸着被咬的尾巴说，"她是我从未见过的最傻、最淘气、最没教养的孩子，不管是有头的还是没有头的。"

　　他跪在浮码头上，想用一根树枝把水里的帽子捞回来。也不知怎么搞的，帽子没有捞上来，他却一个倒栽葱翻身落到水里去了。

他马上就从水里出来，两脚稳稳地站在水底，只有脸露出水面，耳朵上都是泥。

"噢，天啊！"小傻妞哇哇大叫，"噢，多么好啊！噢，多么好玩啊！"她直笑得浮码头一颠一颠的。

"我相信她以前从来没有笑过。"老古板说，"看来你们已经使她变了样，她比玛伊还要坏。但最主要的自然是：我们能够看得见她了。"

"都得谢谢奶奶。"木民妈妈说。

[任溶溶　译]

牵手阅读

　　小傻妞可一点都不傻，她能感知到木民妈妈对她的关心和爱，更为宝贵的是，她用心地回馈自己接收到的爱，她明白爱都是相互的。相信小木民矮子精和玛伊见证过小傻妞从透明人恢复到正常人的过程后，也一定能懂得如何爱护自己的朋友。

See You

程　玮

他，正趴在沙堆上挖着什么，穿着帽子和衣服连在一起的白毛线衣，活像扑克牌上的小丑。佳佳昨天挖的小地道，肯定是他破坏的，气得佳佳冲着他的后背直叫："哎，你干什么？快下来！"

他不慌不忙地回过头来，唱歌似的说："你好！"

没想到，这个破坏分子竟是个外国人。他的皮肤很白，好像从来没有晒过太阳似的。他那黄黄的头发拼命地从雪白的三角帽下挤出来，就像一丛被压在雪底下的枯草。他的眼睛蓝蓝的，佳佳马上就想起黑夜里的猫眼睛。他像猫一样从沙堆上蹦到佳佳面前说："刚才你说的什么？我想我没听懂。"

"你会说中国话？"佳佳很奇怪。

"很少。"

佳佳小心地打量着他，往前走了一步："你是哪个国家的？"

特别的伙伴

129

"美国。"他把"美"说成"没"，听起来好像是"没国"。佳佳乐了。

"嘻嘻，你这么一点点大，怎么也出国呢？"

他摇摇头："嘻嘻，什么意思？"

佳佳忍住笑反问他："你为什么到中国来？"

这下听懂了，他指指前面高高的校门："我爸爸到这儿教课，我们一起来，我妈妈和我。"

吓，什么话，连通也不通。要是叫他造句，李老师肯定给他一个比佳佳还要低的分数。佳佳咧开嘴又想笑，可突然忍住了。佳佳的爸爸、妈妈都在这个大学里当老师，他知道，来中国教课的外国人是专家，应该尊敬他们。可难道也应该尊敬他吗？他的个头还不如佳佳高呢；不过，他到底是个"没国"人，应该对他讲一点礼貌。佳佳咳嗽一下，一本正经地说："你好！请问，你是坐飞机来的，还是坐轮船来的？"

他又摇摇头，沾着沙子的脏手指塞在嘴巴里，眼睛瞪得圆圆的，像猫一样盯着佳佳。

佳佳伸出胳膊绕着沙堆跑了一圈，又鼓起嘴巴使劲叫了两声，代表轮船的汽笛声。

"哦，明白了。"他点点头又摇摇，"我是乘飞机到这儿。"

佳佳撇撇嘴巴，骄傲地说："我们都说坐飞机，不说乘飞机。"

"那我也说坐飞机。"他很虚心，"谢谢你对我改正，可是，我想我应该改正我的爸爸……"

"别，别。"佳佳慌了手脚，连忙打断他的话，"一点点大的事，别对他说。"

"什么叫一点点？好像你刚才说过。"

"就是很少。"佳佳觉得还不全面，抓起地上的几粒沙子说，"喏，这就是一点点，懂吗？"

他点点头，表示完全懂了。佳佳也跟着松了一口气，他第一次觉得当个老师还挺费劲呢。

"你从美国到中国，坐了多长时间的飞机？"佳佳对坐飞机非常感兴趣。因为他从来没有坐过飞机，他的爸爸、妈妈也没有。

"可是我不知道，我睡飞机，睡了一个夜晚。"

真傻，要叫佳佳坐飞机，佳佳一定连眼睛都不眨一下。一个人像鸟一样在天空中飞，海呀，山呀，云呀，全部在脚底下，多来劲！还睡觉，真没出息。

"汤姆！"不知谁在喊。

"我妈妈在喊叫。"他仰起头，也高声讲了一句外国话，佳佳一点都不懂。

"你妈妈在哪里？"佳佳四下看看，看不见一个人影。

他指着不远处被几棵大树遮住的小楼房说："在那儿，我该回去啦。你愿意到我家去吗？"

佳佳知道那是刚刚建起来的专家楼。有一个大大的院子，还有人守门。有一次，佳佳想进去看看，刚走到门口，守门的人就赶他出去，还骂他一声"小东西"。佳佳是人，当然不是一件东西。佳佳可不愿意再去挨骂，便说："我不去。"

他走了几步，又回过头来，蓝蓝的眼睛信任地看着佳佳："你愿意做我的朋友吗？"

佳佳点点头："你叫什么？"

"汤姆。"

"什么，那是你的名字吗？不好听，不好听，像猫叫！"佳佳把汤姆这个名字批评了一遍，又说："你听听，我的名字多好，佳佳！"

"佳佳，非常好，可是，我们美国有很多孩子叫汤姆。再说，猫是什么？"

佳佳捂着鼻子叫了一声："喵呜！"

他们俩一起大笑起来。

"佳佳，明天我们再玩，在一起，好吗？"

"当然。"佳佳一口答应，"等我放学以后，还到这里。"

"再见！"汤姆跑了几步，又回过头，"佳佳，你会说英语吗？"

佳佳这才想起，自己刚才不该笑他。人家是外国人，中国话是他们的外国话。汤姆会讲这么多外国话，自己会讲外国话吗？他愣了好久，才想起英语的"再见"是怎么说的。那还是妈妈跟电台学英语时，他在一旁听来的。

"古得，白哎。"他有些不好意思。

"喔，我们现在说话的时候不常说这个，我们说——See you。"

"See you！"佳佳向他扬起了手。

哦，See you！"See"就是"看见"的意思，"you"就是"你"。"See you"就是"看见你"，跟"再见"的意思差不多。这些是佳佳问了妈妈以后才知道的。

第二天一放学，佳佳就到沙堆那边去了。汤姆正在沙堆上等他。

"你好，佳佳。"他从沙堆上跳下来，手里拿着一张纸。

"这是什么纸？"

"我的作业，我每天都写几个中文的句子。你改正我可以吗？"

"当然可以。"佳佳不由得咳嗽一声，连声音也放低了，就像教语文的李老师一样。他接过纸看了一眼，马上批评说："但是，不管写什么内容你应该首先把字写好。"这句话是李老师常对他说的。不过，现在对汤姆说也正合适。他的字像喝醉了酒一样，歪歪斜斜，连站都站不稳。

"你说得很对。可是，中国字太，太困难，跟英文完全不一样。"汤姆皱着眉头说。

"那当然，英文写起来可容易了，画画似的。可我们中国字呢，应该横平竖直，方方正正的。"后半句话又是李老师告诉他的。佳佳的字老是写不好。写个"一"字都像蚯蚓爬，更不要说方方正正了。

谁知汤姆说："请你给我写几个字看看，我还从来没有看到中国人写的字呢。"

佳佳头上有些冒汗："这儿，这儿不可以写字，我要在桌子上才写得好。"

汤姆迟疑了一下："到我家去。"

"不！"佳佳想起那个看门的小胡子，连连摇头。

"那么到你家去，可以吗？"

"可，可以。"佳佳有些不太情愿。

汤姆迟疑了一下："远吗？我妈妈说，不应该走得太远。"

佳佳家离这儿一点也不远。他们一会儿就到了。佳佳用挂在脖子上的钥匙开了门。

"这是你的家吗？"汤姆说，"太小了。"

佳佳有点不高兴，谁请你啦？还不是你自己要来。

汤姆马上看出来了："对不起，佳佳，我不是说不好，我只是说太小了。"

"以后会大的。"佳佳让汤姆看窗外已在建造的新楼房，"我妈妈说，等新楼房盖好后，我们就搬进去。"

"那太好了。"

佳佳趴在桌子上，费了好大劲儿，才写了几个比平时稍微好一点的字。

"啊，你写得真好看。"汤姆把那几个字看了又看，"可以送给我吗？让我照着它写。"

"当然可以。"佳佳很得意，满口答应。可慢慢地，他有些不自在起来。他的字有什么好，班里倒数第一。汤姆把他的字拿回家，他的专家爸爸一定以为中国小学生写的字都是这样的，这可不好。他连忙说："不不，我们班很多同学的字都比我好，我明天把他们的字给你，好吗？"

"可是，我认为你的字很好，我喜欢。"

佳佳连忙从他手里抢过那张纸，说："那我过几天写好一点的字给你。"

佳佳开始看汤姆写的句子。

——这件衣服太小，我穿不起。

哈，一看就知道错了。只有很贵的衣服才穿不起，小的衣服怎么穿不起呢？应该说，穿不进。

——你看见不看见那个人？

什么话？明明是中国话，可听起来像外国话一样叫人稀里糊涂。应该说"你看没看见那个人"才对呀。

——中国的巧克力很富。

这句话更不明白。人可以说富，巧克力怎么会"富"呢？

"汤姆，我们中国人不这样说话。"

他说："在中国，买巧克力要很多钱……"

啊，明白了。不是富，应该说贵。

汤姆不同意："很多钱，不就是富吗？"

"很多钱当然是富，可这儿应该说贵。"

"那不是和富一样吗？为什么要用贵呢？"

争来争去，佳佳自己也糊涂起来。真的，富和贵不都是指钱多吗？为什么偏要用贵，不用富呢？佳佳也说

特别的伙伴

不清楚，他后悔李老师上语文课时，自己没有好好听。可他马上想出了一个办法："汤姆，明天你到我们学校去上课吧，我带你去找李老师，李老师什么都懂。"

"这很好。可是，"汤姆用手指在桌面上画着，有点不高兴地说，"我们一会儿就要回去了，我爸爸在这儿十几天。"

"你马上就要走了吗？"佳佳也不高兴起来，他把纸推到一边，呆呆地看着汤姆。汤姆不光头发黄，连眉毛、汗毛都是黄的。将来长了胡子，会不会也是黄的呢？可惜，佳佳看不见他长胡子了。

门轻轻地推开了，佳佳的妈妈回来了。

"佳佳，你……"她看着汤姆，好像汤姆不是一个人，而是一件古怪的东西似的。"佳佳，这是怎么回事？"她低声问。

佳佳这才想起汤姆是一个外国人。在这以前，他好像已经忘了。"妈妈，他叫汤姆，美国人，我们昨天认识的，他爸爸是专家。我教他中国话。"他一口气说了许多，生怕妈妈不明白。

"您好！"汤姆很有礼貌地说。

"哦，你好。"妈妈对他笑笑，但她的眼睛却看着别的地方，好像在想什么事情。

一连好几天，佳佳没有去找汤姆。因为妈妈不让他去。妈妈说，人家会说我们跟美国专家拉关系的。佳佳不懂，和汤姆玩，跟他的专家爸爸有什么关系。

　　回家的时候，佳佳绕道从别处走。他生怕看见汤姆在沙堆上等他。

　　佳佳上语文课特别认真，过去他从来没有这么认真过。做作业时，他把每个字都写得端端正正。李老师表扬了佳佳，还把佳佳的作业本给全班同学看。放学后，佳佳忍不住走到沙堆那里，他要把他的作业本给汤姆看。还有，李老师已经告诉他"富"和"贵"的不同的地方，他要跟汤姆讲。

　　可是，沙堆上没有人。汤姆一定等了好几天，生气了。佳佳很想到专家楼去找汤姆，可又怕守门的人不让。西斜的太阳照着他，把他的影子越拉越长。

　　"汤姆，汤姆！"佳佳对着专家楼高声喊起来。

　　没有回答。是汤姆生气了，还是他不在家呢？说不定汤姆正躲在哪个窗子后面看着他呢。佳佳想看看专家楼的窗子，可是，又大又宽的树叶挡着，看不见。

　　一直到天黑，佳佳才离开沙堆。

　　晚饭是佳佳最爱吃的鸡蛋炒饭。可佳佳的喉咙里好像塞了个东西似的，怎么也咽不下。

"佳佳，你怎么了？"妈妈奇怪地问他。

佳佳推开饭碗，难过地问："妈妈，汤姆走了吗？"

"他是个外国人，迟早会走的。"妈妈已经吃完了。她坐到写字台前，扭亮了台灯，又回头说："别想他了，快吃饭吧，饭都快凉了。"

佳佳看着汤姆那天坐过的凳子，慢慢地往嘴里扒着饭。是的，汤姆是外国人。他的头发是黄的，眼睛是蓝的，说的话也跟中国人不一样。但是，他们不一样的地方不就是这么一点点吗？他和佳佳一样，喜欢玩沙子，喜欢吃巧克力，喜欢提各种各样的问题，喜欢跟别人说话。如果他不是白皮肤，不是黄头发，也不是蓝眼睛，他不就是佳佳班里的一个同学吗？

"笃笃笃。"很轻很轻的敲门声，是谁？

"请进来。"妈妈说。

门推开了一条缝，伸进来一顶白白的三角帽。"佳佳，你在家吗？"

"汤姆！"佳佳哧溜一声从凳子上滑下来，拼命地向门口跑去。"汤姆，你怎么来了？今天我到沙堆那里去等你好半天，还喊你，你没有听见吗？你出去了？"他不管汤姆是不是听得懂，一口气说了一大堆话。

汤姆低着头，咬着手指，轻轻地说："佳佳，我明天要走了。”

“明天！明天什么时候？一大早吗？”

“不，是中午的飞机。”汤姆慢慢地抬起头来，蓝蓝的眼睛像海水一样。“今天下午，我们去商店买东西，明天就走了。”他的声音越来越低，“我想，应该来向你说再见。”

“明天就走了。”佳佳拉着他的手摇晃着，“我明天去送你，明天是星期天。”

“好的，我等你。”汤姆说，“我想我应该马上回去，今天晚上我们还有一个宴会。”

“佳佳，送送汤姆。”不知什么时候，佳佳的妈妈走到他们身边。她俯下身子，摸着汤姆的头，眼睛里有什么东西亮了一下。“小汤姆，再见了，欢迎你以后再到中国来。”

“再见，阿姨。”汤姆用手钩住佳佳妈妈的脖子，深深地吻了她一下。

月亮，多么圆，多么亮。她照着中国，也照着美国。啊，月亮多么好，她是一只温和明亮的眼睛，可以看到中国，也可以看到太平洋那边的美国。佳佳和汤姆隔得再远，也都是在她的注视下。

月亮亲切地看着他们，默默地跟着他们往前走。

佳佳有好多话想说，但说来说去只有一句："汤姆，我明天来送你。"

"好。佳佳，我一定等你。"

专家楼的灯光从树缝里透出来。一阵风吹过，树叶在晃动，灯光一会儿明，一会儿灭，好像在给什么人打信号。

他们分手了。两人互相说：

"See you！"

大清早，佳佳就起床了。他捧起存钱的大泥猪用劲往地上一摔，泥猪破了，银晃晃的硬币滚了一地。

他到商店去给汤姆买礼物。他先买了一大沓信封，他要跟汤姆通信，就像真正的朋友一样。后来，他又去买巧克力。巧克力真贵，他想多买一点，可钱不够，只买了三块。但是巧克力很大，味道也很香，汤姆一定喜欢。他又回到家里，带上昨天晚上给汤姆写的字。他从来没有写过这么好的字，要是李老师看见了，肯定会表扬的。

佳佳拿了这些东西，急急忙忙跑到专家楼，他在门口站了好一会儿，他决定不了是进去找汤姆呢，还是在这儿等他出来。他真怕守门的人。但是，怕什么呢？佳佳可以告诉他，他要找汤姆，要把这些东西送给他。佳佳走到传达室窗口，一眼就看见了那个小胡子。他凉了半截。他知道，拿这些话去对他说，是不会有用的。他看得出这个人是不会放他进去的。

"趁他不注意时，偷偷跑进去。"佳佳打定主意，躲在窗下，探头看着他。

他正坐着听音乐。他的眼睛紧紧地盯着桌子上的录音机，好像能从录音机里看到那些唱歌的人似的。佳佳刚想溜进去，那人突然抬头朝门口看了一眼，佳佳只好站住不动。

不知过了多久，他关上录音机，坐到桌前看起报来，好久好久都不抬头。佳佳马上轻轻地向里面跑去。看门人突然抬起头，大叫一声："小东西，你跑进去干什么？"

佳佳的心怦怦跳，赶忙把手里的东西举起来："我去找汤姆，他在等我。"

看门人一步一步走到佳佳面前，叉开两条腿，威风地站着。佳佳真想跳起来，狠狠地揪住他那撮小胡子。佳佳恨透了他，也恨透了那张报纸。它为什么不登长一点的文章，让他一直看下去呢？

他一把抓住佳佳的胳膊，把他推到门外："这是外国专家住的地方，你离远点，再探头探脑，我把你抓到公安局去。"

佳佳只好回到那个沙堆上。太阳已经升得好高了。小鸟躲在树上尖溜溜地叫着。佳佳远远地看着专家楼进

特别的伙伴

143

进出出的人。可是，没有汤姆。

"汤姆！"他再也等不及了。一声声地喊着。汤姆没有回答。难道他听不出佳佳的声音吗？"汤姆，你在哪儿？"

"砰！"什么地方的窗子响了一下。佳佳的心咚咚地跳起来，一定是汤姆，一定是汤姆！一定是汤姆听到了佳佳的声音，他就要出来了。佳佳高兴地盯着门口，耐心地等着，等着。门开了。一个老爷爷慢慢地从里面走出来，对佳佳说："他们全家已经走了。"

"走了？"佳佳不相信地看着老爷爷，尽管他知道这样的老爷爷是不会骗他的。

"刚走不久。我打扫走廊时看得清清楚楚。那个小孩，叫什么来着，哭着，闹着好像不肯走……"

佳佳还是不相信，他问：

"那我在门口怎么没看见呢？"

"傻孩子，人家坐小汽车走的，都从那边一扇门出去。"

走了，汤姆走了。

一架飞机从蓝得耀眼的天空中嗡嗡地飞过，像一只银色的大蜻蜓。汤姆一定坐在这架飞机里，一定的。汤姆一定在飞机上向下面看着，一定在找我。他会看见站在沙堆上的我吗？

佳佳仰起头，看着飞机。飞机越来越小，最后，被一朵白云像橡皮擦黑点一样地擦去了。佳佳的眼睛有些酸，一定是太阳照的。他低头擦了一下眼睛，又看到手里的东西：信封、巧克力，还有写满字的纸……

哦，汤姆，还会再一次见面吗？一定会的，佳佳想。李老师说过，现在的人可以飞到月球上去了。那么，住在一个地球上的人，为什么不会再见面呢？佳佳以后不再吃巧克力了，他要把钱存起来，存好多好多的钱，然后，买一张飞机票，坐飞机到美国去，把这些东西送到汤姆手里。他们一定会见面的，因为他们分别的时候曾说：

"See you！"

牵手阅读

"人有悲欢离合，月有阴晴圆缺，此事古难全"，就像在火车上有中途下车的旅客，分别在人生旅途中在所难免，重要的是我们曾经一起度过和共同分享的时光。佳佳为了汤姆努力练字，认真听课，两个人在一起玩耍的记忆是永远不会消失的。分别时，不妨坦然地说出一声"See you"，无论日后能否再见，感谢你曾经相伴。

特别的伙伴

莫妮的杰作

［德国］米切尔·恩德

　　莫妮和我是最好的朋友。尽管她只有六岁，而我的年纪差不多是她的十倍，但是这种年龄之间的距离，一点儿也不影响我们的友谊。

　　如果她来看我，我们就一起玩，从不吵架。有时，我们纯粹聊聊天，谈谈对世界和人生的看法，我们的看法通常是一致的。有时我们会给对方读一段自己喜欢的书，莫妮不识字，但这一点儿也不会有什么妨碍，因为她喜欢的书，反正都会背。我也是。我们彼此非常尊重对方，我尊重她，因为她常常有些不同寻常的想法；她尊重我，是因为我能赏识她的那些想法。

　　有时，我们互相送些小礼物，即使没有像生日和圣诞节这样特别的理由，我们也会互赠礼物的。常言说得好："礼轻情意重。"——我们认为这点很重要。

　　比如，最近我送给莫妮一个漂亮的画盒，里面有五颜六色的颜料、纸和毛笔。

莫妮很开心，看到她开心的样子我也高兴。这种情形在我们两人之间经常出现。

"为了表达我的谢意，"她说，"我也送给你一件礼物，我现在马上给你画一幅画。"

"啊，"我回答说，"真的吗？你真是太好了。"

"那你到底想要一幅什么画呢？"她想先知道。

我想了想，然后说，"最好是能给我一个意外的惊喜，把完全是你自己想象出来的东西画出来。"

"好吧！"说完，她便马上动手了。

她很投入地画，我在一旁很紧张地看着她。因为我非常好奇地想知道，她现在又会想出什么新的主意。

过了一会儿，她的作品好像完成了。她歪着头，用画笔在这里改一改，那里补一补，然后把它递给我看。

"你看，觉得怎么样？"她满怀期待地问。

"非常棒。"我说，"太谢谢你了！"

"你看得出来这里面画的是什么吗？"

"当然，"我连忙肯定道，"这是一只复活节兔子！"

"胡说！"莫妮不高兴地大声说，"现在正是盛夏，哪儿会冒出一只复活节的兔子来？"

"我想，"我小声说，"这两个向上立着的角大概是耳朵吧！"

特别的伙伴

莫妮摇了摇头："这是我的辫子！这是我的自画像，难道你没有看出来吗？"

"这肯定得怪我的眼镜。"我连忙道歉，并掏出手帕擦了擦镜片。当我重新戴上眼镜后，我仔细打量着这幅画像。"可不是吗！现在我才看明白，"我说，"这是一幅画得很像的自画像哩。谁都会一眼看出这就是你。我刚才没看出来，真是对不起。"

"我觉得，它也许比照片还好呢！"莫妮说。

"好多了。"我附和说。

"照片毕竟是谁都会有的。"她接着说。

"说得是，照片没有什么特别的，"我说，"但是只有极少的人才会有艺术家画的自画像——也许一百万个人中能有一个就不错了。这可是件稀罕物，再次谢谢你！"

我们又一起欣赏这幅画。

"如果你觉得有什么地方不好，就尽管说。"莫妮很大度地说。

"绝对没有，"我肯定地说，"这么棒的画我还有什么可说的！但是既然你要我建议——那就是你还有一丁点儿不满意的地方，对吗？你看，要不在这下面再画一张床，让你舒舒服服躺在上面，怎么样？当然，我只是说一说。"

她没有作声，伸手把画拿过去，重新拿起画笔，在她的自画像周围用棕色画了一张巨大的床架。床的四角都有柱子，上面还画了一块床幔——这是一张有天盖的床，这样的一张床就是王后也会心满意足的。这张床大得几乎占满了整个画面。

"老天！"我称赞道，"我说，这真是一件豪华高贵的家具！"

但是，相比之下，床上躺着的这个人看上去无疑显得有些矮小瘦弱，甚至有点可怜兮兮的。我没有把这种看法说出来，但是由于我和莫妮经常会想到一块儿去，所以她也想到了这点。

"难道你不觉得我现在应该穿点气派的衣服，好让画中的人与床更加相衬些吗？"她迟疑地问。

"老实说，是的，"我回答说，"一张气派的床也需要一件华美的睡衣相配。"

于是，莫妮在画像的身上又加画了一件又长又大的睡袍。如果我没看错的话，这件睡袍上显然还布满了金色的星星，只有扎着两条辫子的头从宽大的睡袍里探出来。

"现在你觉得怎么样？"她问。

"很气派！"我不得不承认，"的确显得非常大方、雍容华贵！但是，尽管如此，我对你的健康还是非常担心。"

"为什么？"

"是这样，请别误会我的意思——现在是夏天，天气已经够热的了，你现在都穿这么多睡觉，那冬天怎么办？如果你画的是冬天，你要是不盖被子，我担心你会被冻僵的。你得及时考虑到这一点。"

莫妮最讨厌生病吃药了。所以，她连忙取出一团白色的颜料，在她的自画像和漂亮的睡衣上画了一床厚厚的大羽绒被。现在，只能看见头顶露出的两根辫子了。

"这看上去的确非常暖和，"我说，"我想，现在我们可以放心了。"

但是，莫妮还不满意，她又冒出个新主意。她用深蓝色画了一顶厚厚的丝绒帐，丝绒帐把床幔和床全都遮盖住了。这样，画上的她连同身上的睡袍和被子也全都被遮盖住了。

"咳！"我吃惊地喊道，"这是怎么回事？"

"我只是把帷帐放下来了，其他的都还在。"她解释说。

"说得也是。"我承认道，"如果帷帐是打开的，那还有什么用？那谁还需要什么带帷帐的床啊。"

"现在，"莫妮非常激动地接着说，"我把灯也关上。"于是，她把整个画面画得漆黑一片。

"晚安！"我不由自主地轻声说。

她把已经完成的画递给我，现在画面上只剩下一片漆黑。"你现在终于满意了吗？"她问。

我呆呆地盯着这片黑色看了一会儿，点了点头。"这是一幅杰作。"我说，"特别是在我眼里，因为我知道，上面的确真的画过些什么。"

〔何珊　译〕

牵手阅读

如果是旁人看了莫妮的画，一定会大吃一惊，一张漆黑的画纸怎么能被称为杰作呢？可是莫妮的好朋友知道就足够了，这幅画由他们两个一步一步共同完成，承载了只有他们彼此能懂的回忆与默契。那些和你拥有独家记忆的朋友也是独一无二、无与伦比的。

特别的伙伴

山羊兹拉泰

［美国］艾萨克·巴·辛格

在修殿节期间，从村子到城镇的路通常都是盖满雪
的，今年冬天却不太冷。修殿节差不多已经到了，可还
没下过什么雪。大部分时间太阳高照。农民抱怨，由于
气候干燥，冬天作物收成不会好了。新的草已经长出来，
农民把他们的牛群放到牧场上去。

对于皮货裁缝雷文来说，这自然是个不好的年头，
他考虑来考虑去，还是只好决定把他的山羊兹拉泰给卖
掉。这山羊老了，给的奶也不多。镇上屠宰的菲韦尔肯
出八个古尔登买它。这样一笔钱可以用来买修殿节蜡烛，
买土豆和做煎饼的油，买孩子们的礼物和其他过节的必
需品。雷文吩咐他的大儿子阿龙把山羊牵到镇上去。

阿龙明白，把山羊牵到菲韦尔那里去是怎么回事，可
父亲的话不能不听。他母亲莱雅听到这个消息直擦眼泪。
阿龙的两个妹妹，安娜和米丽安，放声大哭。阿龙穿上他
的棉外套，戴上有耳罩的帽子，在兹拉泰的脖子上拴上绳

子，拿了两片面包和干酪路上吃。阿龙打算把山羊傍晚送到，在屠宰的那里过一夜，第二天带着钱回家。

当一家人跟山羊告别的时候，阿龙把绳子盘在它的脖子上，兹拉泰照旧耐心地、憨厚地站着。它舔雷文的手。它摇晃它白色的小胡子。兹拉泰信任人类。它知道他们给它吃，从不伤害它。

当阿龙把它带到外面通往城镇的路上时，它觉得有些奇怪。它以前从没有给带到那个方向去过。它用疑问的眼光回头看他，像是说："你要把我带到哪里去啊？"过了一会儿，它似乎又得到一个结论，一只山羊不该问问题。不过路还是不同。他们经过新的田野、牧场和茅屋，到处都会有只狗汪汪叫，跟着他们跑来，阿龙用他的棍子把它们赶走。

当阿龙离村的时候，太阳高照。可天气忽然变了。东边出现了一朵中心有点蓝的大乌云，它很快就布满天空。紧跟着就刮起了寒风。乌鸦低飞，嘎嘎地叫。起初看来要下雨了，却没有下雨，跟夏天那样下起冰雹来。这时候是白天，时间还早，可黑得像傍晚。过了一会儿，下冰雹变成了下雪。

十二岁的阿龙见过各种天气，可从未碰到过像这一次那样的大雪。它密得把白天的亮光都遮住了。短短的

一会儿工夫，他们走的路已经被雪完全盖上。风冷得像冰。通向城镇的路很窄，弯弯曲曲。阿龙再也弄不清他在什么地方，他在雪中什么也看不见，寒气很快就透进他的棉外套。

兹拉泰起先似乎并不在乎气候的变化。它也十二岁了，知道冬天是什么滋味。可等到它的腿在雪里越陷越深，它开始转过头来，用惊异的眼光看着阿龙。它温柔的眼睛像是问："在这种暴风雪天气里，我们出来干什么？"阿龙希望有个农民坐大车经过，可是一个经过的也没有。

雪越下越密，旋转的大雪片落到地上。在雪下面，阿龙的靴子踩到松软的犁过的地里。于是他明白，他再也不是走在路上。他离开正路了。他再分不出东和西，分不出哪一边是村子哪一边是城镇。风呼呼地怒吼，把雪吹得像一个个旋涡似的团团转，看上去像白色的小妖精在田野上玩捉人游戏。地面上扬起白色的雪粉，兹拉泰停下来，它再也走不动了。它固执地把裂开的蹄子撑在地上，发出咩咩的叫声，像是哀求把它带回家。它的白胡子上冰凌挂下来，角上蒙着一层霜。

阿龙不想承认危险，不过还是知道，万一找不到藏身之所，他们就要冻死。这不是普通的风雪，这是强烈的暴风雪，雪已经深到他的膝盖。他的双手麻木，他再也感觉不到自己的脚趾。他一呼吸就呛。他觉得鼻子像木头，用雪去擦它。兹拉泰的咩咩声开始听着像哭，它曾经那么信任的人类，却把它拉进了一个陷阱。阿龙开始为自己、为这无辜的动物向上帝祷告。

忽然他眯起眼睛看出一个小山冈的轮廓。他奇怪那会是什么。谁会堆起这么大的一个雪山呢？他拉着兹拉泰向它走去。等到走近，他明白了，这是一个被雪盖住的大干草堆。

阿龙马上知道，他们得救了。他用尽力气在雪里挖进去。他是个乡下孩子，知道怎么做。挖到干草的地方时，他给他自己和山羊挖出了一个窝。不管外面怎么冷，在干草里总是暖和的。干草又是兹拉泰的食物，它一闻到干草的气味就很满足，开始吃起来。外面雪继续在下，它很快就盖没了阿龙挖出来的通道口。可是孩子和牲口需要呼吸，他们待的地方没有多少空气。阿龙在干草和雪上挖出一个窗口似的洞，小心地让这个洞不被盖没。

兹拉泰吃饱了，坐在后腿上，似乎对人类重新恢复了信任。阿龙吃掉他的两片面包和干酪，可经过这场艰苦的旅程，他还是觉得饿。他转眼去看兹拉泰，看到它的乳房胀鼓鼓的。他在它旁边趴下来，保持着这样一个姿势：把乳房一挤，奶就射进他的嘴，奶又多又甜。兹拉泰不习惯被人用这个样子挤奶，可它没有反抗。相反，它似乎急于犒赏阿龙，因为他把它带到了一个庇护所，它的墙、地面和顶都是用食物造成的。

阿龙透过窗洞可以看到外面的混沌景象，风刮走一团团的大雪。外面漆黑一片，他不知道是已经入夜了还是风雪把天色弄黑了。谢谢上帝，在干草里不冷。干草、青草和野花散发出夏天太阳的热气。兹拉泰不时在吃，它向上面吃，向下面吃，向左吃，向右吃。它的身体透出动物的热气，阿龙蜷伏在它身边。他一直爱兹拉泰，现在它更像他的姐妹。他如今孤零零一个，离开了家人，但他需要说话。他开始和兹拉泰说话。"兹拉泰，我们碰到的事，你怎么想呢？"他问道。

"咩咩咩咩咩。"兹拉泰回答。

"要是没找到这干草堆，我们这会儿就已经双双冻死了。"阿龙说。

"咩咩咩咩咩。"这是山羊的回答。

"要是雪一直这样下个不停，我们就得在这里待好多天。"阿龙解释说。

"咩咩咩咩咩。"兹拉泰叫道。

"你这'咩咩咩咩咩'是什么意思？"阿龙问道，

"你最好说清楚点。"

"咩咩咩咩咩，咩咩咩咩咩。"兹拉泰试图这么办。

"好了，那就'咩咩咩咩咩'吧。"阿龙耐心地说，"你不会说话，可我知道你明白。我需要你，你需要我。这话对吗？"

"咩咩咩咩咩。"

阿龙想睡了。他用一些干草做了个枕头，把头放在上面，睡着了。兹拉泰也睡着了。

等到阿龙张开眼睛，也不知道是早晨是夜晚，雪已经封住了他的窗口。他想要把雪清除掉，可手臂伸直也够不到外面。幸亏他带着棍子，这才把雪顶穿。外面还是漆黑一片。雪继续在下，风继续在吼，先是一个声音，接着是许多声音。有时候听起来像狞笑。兹拉泰也醒了。阿龙向它打招呼，它回答说："咩咩咩咩咩。"不错，兹拉泰的话只有一个字，可是它包含许多意思。现在它是说："我们必须接受上帝给我们的一切——热、冷、饥饿、满足、光和暗。"

阿龙醒来觉得肚子饿，他的食物早已吃完，可是兹拉泰有许多奶。

阿龙和兹拉泰在干草堆里一共待了三天。阿龙一向是爱兹拉泰的，可在这几天里，他越来越爱它了。它给

特别的伙伴

他奶吃，它帮他取暖，它耐心地让他舒服些。他给它讲了许多故事，它一直竖起它的耳朵听，然后它说："咩咩咩咩咩。"他知道这话的意思是：我也爱你。

雪一共下了三天，不过在第一天以后，雪不那么密了，风也小了下来。有时候阿龙觉得，夏天不可能有过，从他记事的时候起雪就一直在下，他阿龙从来没有过爸爸妈妈或者姐妹，他是一个雪生下来的雪孩子，兹拉泰也一样。在干草里太静了，他的耳朵在寂静中嗡嗡响。阿龙和兹拉泰通宵睡觉，还睡了白天的大部分时间。在阿龙的梦中，梦见的全是热天。他梦到绿色的田野、鲜花开放的树木、清澈的小溪、歌唱的小鸟。第三夜雪停了，可是阿龙不敢在黑暗中找路回家。天空变得清朗，月亮照着，在雪地上投下银色的网。阿龙挖路出去，朝外面看，全是一片雪白、安静，做着无比壮丽的美梦。星星又大又近，月亮在天空中像在大海里一样浮游。

第四天早晨，阿龙听见雪橇的铃铛声。干草堆离路不太远。赶雪橇的农民给他指了路——不是去城镇和屠宰的菲韦尔那里，而是回村里的家。阿龙在干草堆中已经决定，他永远不跟兹拉泰分开。

阿龙家人和他们的邻居一直在找这孩子和山羊，可是在大风雪中找不到他们的踪迹。他们怕他们迷失了，阿龙的妈妈和妹妹们为他哭，他的爸爸皱起眉头不声不响。忽然一个邻居跑到他们家，带来消息说阿龙和兹拉泰正在回来的路上。

一家人欢天喜地。阿龙讲给他们听，他怎么找到干草堆，兹拉泰怎么供他吃奶。阿龙的妹妹们把兹拉泰又是亲又是抱，特地请它吃切碎的胡萝卜和土豆皮，兹拉泰饿坏了似的大口大口吃。

没有人再想到把兹拉泰卖掉。如今天终于冷了，村民又需要做皮衣的雷文帮忙。到了修殿节，阿龙的妈妈已经能每天晚上煎饼，兹拉泰也吃到了它的一份。尽管兹拉泰有自己的羊栏，可它常常来到厨房，用羊角敲敲门，表示它要来串门，也总是让它进来。晚上阿龙、米丽安和安娜玩陀螺，兹拉泰靠近炉子坐着，看着孩子们和修殿节蜡烛的闪烁火光。

阿龙偶尔会问它："兹拉泰，你还记得我们两个一起度过的三天吗？"兹拉泰会用角搔搔脖子，摇摇它有一把白胡子的头，发出那表达它全部思想和全部爱的唯一声音。

[任溶溶　译]

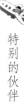

牵手阅读

　　兹拉泰只会发出咩咩的声音，可是阿龙知道这声音承载了它的全部思想和全部爱。无论今后的生活多么艰辛，他再也不会抛弃与自己共患难并将自己从危难之中解救出来的朋友。总有一些什么，比土豆、油或者过节时的礼物更加重要。

大圈小圈的神通

陈文威

这个屋村面对着一群高高矮矮、青青绿绿的小山丘。在屋村与这群小山丘之间，有一个青青绿绿的小公园。

这天，刚升上中一的国泉放学之后，因为心里有点烦闷，不想立刻回家，便走进了这个小公园里，随意地在公园里的一张长椅上坐下来。

公园的这一角，静悄悄的，一个人也没有。

他从书包里把那本英文读本拿出来看看。

他就读的是一所英文中学。除了语文、文学欣赏及中国历史外，其余都是用英文授课的。国泉应付起来很吃力。

上午，在学校的教员室里，苏先生对国泉说，怎么才开课不久，国泉的英文读本的封面和封底就变得像老太婆那样！

国泉不服气地想："不少同学的英文读本都跟我的差不多，为什么苏先生偏要针对我呢？如果我的成绩好一些，看她会不会这样对我！"

"钱国泉，你得努力读书，成绩才会好起来的呀！"忽地，仿佛有人在他耳边这样说。

"难道我不想努力吗？可是我没有补习教师，爸爸妈妈又不懂，你们不要总以为是我不对呀！"

说到这里，钱国泉的声音也不禁提高了。

"哎呀，我的耳膜快要给你震破啦！"

"我的耳膜——"国泉惊觉了：谁的耳膜？谁跟我说话？

他立刻循着那个声音所发出的方向看去。

这一看，吓得他跳了起来。

原来，一只猴子不知在什么时候坐在他的身旁！它正搔着脑瓜子，一对乌黑的眼珠转来转去。

它看见国泉的那个狼狈相，还咳咳咳地笑了起来。

它的笑声使国泉的胆子大了。他站在离它五六尺的地方，开始打量它。

这只猴子约有六岁小孩那样高，浑身长满了黄色的长毛，连脸上也不例外。不过，眼睛周围和嘴巴周围的长毛，颜色稍为浅一些。看起来，脸上便好像有两个小圈圈和一个大圈圈了。

"刚才是这只猴子跟我说话吗？"国泉满腹猜疑。猴子的相貌虽然跟人有些相似，但猴子懂得说人话，他是

难以置信的。

"钱国泉，难道你不愿意跟我交朋友吗？"

——那只猴子的嘴巴一张一合，它的声音很尖。

国泉看得呆住了。他用力掐掐自己的手臂，哟，好疼！

"你叫我钱国泉？"国泉结结巴巴地问。

猴子的眼珠又来回转动，也不答国泉的问题，却反问："你想不想知道我的名字？"

"你也有名字吗？"

"当然！而且，我还有绰号呢。"

钱国泉张大了嘴巴。

"你一定更有兴趣知道我的绰号了，对吧？"猴子一本正经地说。

国泉忽然灵机一动顺口叫道："大圈小圈！"

猴子连连拍手，然后纵身一跳，轻轻巧巧地跃上了一根小小的树枝。那根树枝仿佛承受不住猴子的重量似的，不停地上下起伏。但是，猴子不慌不忙，稳稳当当地蹲着。

国泉看得羡慕极了。

"国泉，我的绰号给你猜对了，其实，你也相当聪明呀！"它叫道。

国泉兴奋得一跳一跳地说："喂，大圈小圈，你跟孙悟空有什么关系？"

大圈小圈又毫不费力地跳到另一根树枝的梢头上，一边挥动双手一边说："孙悟空就是我的祖师爷，还在花果山上享福，他说呀，自己起码有一万多岁了！"

国泉听得伸出了舌头。

大圈小圈接着在树上荡起了秋千来，它从这一棵荡到另一棵，又从另一棵荡到更远的一棵。

国泉乐得使劲鼓掌。

"你还有些什么本领？"国泉问。

它不假思索地答："攀上椰子树，把椰子摘下来砸那些坏蛋！"

"还有没有？"国泉不满地继续问。

它又搔着自己的脑瓜子。

"孙悟空不是懂得七十二变的吗？难道你连一变也不懂得？"

它呱咳呱咳地大笑起来。笑了一会儿，才抹着笑出来的眼泪说："我呀，听着，一、二、三、四、五、六、七、八、九、十、十一、十二、十三！我懂得十三变！"

"我也懂得十三变！"国泉接口说。

大圈小圈圆瞪着眼，又呱呱呱呱："你怎么会懂得

特别的伙伴

十三变？"

"不仅我懂得，要是不过说说，谁都懂得！"国泉说。

"呱呱呱呱——"大圈小圈既用手不住地搔脑瓜子，又不住地跳上跳下。

"好吧，你把你的英文读本交给我！"大圈小圈终于这样说。

国泉惊疑不定地这样做了。

大圈小圈把那本书抛得半天高，然后喝了一声："变呀变！"等书掉下来后，它接住了，同时对国泉这样说："今后，你如果不好好地保护这本书，这本书便会很快地恢复原形！"

国泉看见，这本书的封面封底都在这刹那间变得光洁如新！

这时，附近响起了一阵吵吵嚷嚷的人声。

大圈小圈跳上树去，对国泉喊道："记住我的话呀！"

说完，它敏捷地跳了几跳，便消失了踪影。

国泉回到家里，小心翼翼地把那本英文读本从书包里掏出来。噢，这本书的封面已经重新现出了两道褶纹！

他把这本书放在桌面上，全神贯注地盯着。果然，他亲眼看见，另一道褶纹长了出来——由浅变深地长了出来。

这下子，国泉不敢怠慢了。他急匆匆地跑往附近的一家文具店，用自己的零用钱买了一张包书用的自动粘贴纸，随后又急匆匆地跑回家。

英文读本的封面已经长出了两道褶纹！国泉一面喘着气，一面动手包书。

"对了！国泉，你早就应该这样做呀！自己读的书，应该好好爱护才是！"婆婆看见了，立即称赞道。

国泉把英文读本包好之后，还不放心。他捧着它，注视了几分钟，看见再也没有褶纹长出来，而已经长出来的褶纹也不会再加深了，才吁了一口气。

晚饭后，国泉又拿出那本英文书来看。

爸爸妈妈以为国泉是主动地温习功课，看来他们比国泉更加着急。爸爸立即把电视机关了，妈妈则这样哄小妹妹："小珍不要哭不要叫，哥哥要温习功课！将来你温习功课的时候，哥哥便会当你的老师！"

小妹妹咿咿呀呀地在学说话。

国泉心里热乎乎的，很自然地翻开了英文读本，认真地温习起来。不懂的地方，翻翻字典或看看笔记，也一点一点地明白了。

国泉有了信心，于是更专心了。

他暂时不打算把碰见大圈小圈的事告诉别人。

这天是星期日，早上七时不到，国泉便去那个小公

特别的伙伴

167

园，他希望能再次碰上大圈小圈，并且能跟它交上朋友，再介绍它给爸爸妈妈他们认识。

忽然，他发觉身旁的一棵树上悬着的三个藤圈正在抖动。这三个藤圈，两个小的并列在上面，余下一个较大的，吊在两个小圈的下面，构成一个图形。

四周没有一丝风，这三个藤圈怎会抖动呢？

"大圈小圈！大圈小圈！"国泉乐得站在长椅上，大叫起来。

周围没有人，所以他没有什么顾忌。

"小朋友要有公德心！这张椅，大家都要坐的呀！"树上传来这句话，语气有点老气横秋的。

"大圈小圈，我还以为你一去不回头呢！"国泉抬起头，看着蹲在枝丫上的大圈小圈说。

"可是，我快要跟你说再见啦！"大圈小圈一脸无奈地说。

"为什么？"国泉着急地问。

"我的假期快完啦！国泉，你现在有没有空陪我到郊外去玩玩呀？"大圈小圈问。

国泉连忙点头。

接着，大圈小圈拉着国泉的手。它的那些长毛弄得国泉的手心直痒痒。

眼前的景物开始飞快地往后移动，国泉要看也没法看清楚。

"对了，我的双脚是不是悬空的呢？"国泉想起了这个问题。

可是，他还来不及找到答案，大圈小圈已经叫道："到啦！到啦！"

眼前的景物也不再往后退了。他看见，自己站在一块绿油油的草坪上，不远处有一条小溪，有一大群鸭子在小溪里畅游。草坪上，有两只黄牛和几头猪。

"这是什么地方？"国泉惊奇地问。

"郊外。"大圈小圈回答。

"蠢猪！我当然知道是郊外，我是问，这是哪个地方的郊外呀！"国泉没好气地说。

"这就不知道了！"大圈小圈说，"喂，你刚才是不是叫我蠢猪？"

"蠢猪"是国泉的口头禅之一。

国泉感到不好意思，便不作声了。

"猪真的很蠢吗？"大图小圈问。

"当然喽！你听过有人夸猪聪明的没有？"国泉不假思索地反问。

大圈小圈搔搔脑瓜子，不说什么了。

"有的人真是蠢得无可救药呀！"国泉的背后传来了这句话。

大圈小圈在国泉的前面。国泉回头看看，一个人也没有，只有几头猪。

"对呀，真是无可救药！"

——这个声音比较清脆，是两头猪在对话。叫国泉更加吃惊的是，这两头猪都能够正确无误地使用"无可救药"这个成语。

"你们能够举出例子来吗？"国泉质问。

"当然可以！"声音较为清脆的那头猪抬起头来说。

国泉想不到自己竟然可以跟猪对话。

"喂，我们还是不要忙着讨论这个了，太阳越来越毒啦，我们赶快到那个泥沼里打个滚吧！"另一头猪这样说。

"咦，怎么你不去？"声音较清脆的那头对站着不动的国泉说。

国泉着急地又摆手又摇头，说："那太肮脏了！你们去吧。"

"肮脏？"那头猪叽呱叽呱地大笑，"给身体披上一层泥浆，便可以抵御太阳的热力呀！"

这时候，走在前面的几头猪也回过头来，要合力把国泉推往那个泥沼里去。

"你们这几头蠢猪！"国泉又气又急地大叫。

大圈小圈却不知道往哪儿去了。

那几头猪一边推，一边叽呱叽呱地大笑。

国泉怎能敌得过这几头猪合起来的力呢？终于，扑通一声，他整个人倒在泥浆里。

那几头猪还推着他在泥浆里打滚。

国泉连笑都来不及。

"现在不是舒服得多吗！"

——过了一会儿，一头猪对他这样说。

国泉这时浑身都沾满了泥浆，他急忙跑往小溪，要洗个痛快。

小溪的水很清凉，使他渐渐又愉快起来。他想："那头猪的话或许有点儿道理，但我是人，不是猪呀！"

这时候，他发觉水里原来也有一头猪，而且正在盯着他。

他双手往水里掏，但那头猪却晃晃悠悠地不见了。等水面平复之后，那头猪又出现了。

"难道我变成一头猪了？"

——这个念头活像一根利刺那样在他心里凸起。

他害怕得大叫起来。

"大圈小圈！大圈小圈！你救救我呀！"他一边跑上

草坪一边大叫。

"你玩够了吗?"大圈小圈忽地跳在他的面前,咳咳咳地笑道。

"大圈小圈,我不要做猪呀!"他快要哭出来了。

"你不是好端端的一个人吗?"大圈小圈瞪着眼问道。

"你看看我呀!"国泉叫道。他也看看自己,奇怪,怎么一切都恢复了原状?

国泉这才放了心,但他随即又责备道:

"我们不是老朋友吗?怎么你连老朋友也作弄一番?"

"我不是作弄你呀!"大圈小圈呱呱呱呱地叫道,"就是因为你是我的老朋友,我才让你开开眼界呀!"

国泉不说话了。过了一会儿,他说:"我现在肚子饿得很,快给我吃汉堡包、薯条和可乐汽水呀!"

"嗬,的确丰富!可是,你身上有钱吗?"大圈小圈问。

国泉哈哈大笑,道:"你又来作弄我啦!你不是懂得十三变的吗?"

大圈小圈叹了口气,问:"你不后悔?"

国泉摇摇头。

大圈小圈也摇摇头。然后,它说一声:"变呀变!"用手指指国泉的后面。国泉急忙回头,看见一份丰富的食物已经放在草坪上。

一阵微风带着汉堡包和薯条的香气吹了过来，国泉食欲大振。

"请吃吧，不用客气！"大圈小圈说。

国泉道了谢，便大嚼起来。

等国泉吃饱了之后，大圈小圈便说：

"我先送你回家，再去给人家做工！"

"给谁做工？"

"快餐店的老板！"

"为什么？"

"你吃的东西是他的，但没有钱付账，我便得给他做工，还这笔债！"大圈小圈一脸认真地说，"我想，给他做半天便差不多了。"

国泉也一脸认真地说："那些食物是你变来的，神不知鬼不觉呀！"

"我们应该老老实实呀！"大圈小圈微笑着说，"这些食物原本是人家的，不是你的，也不是我的！"

"早知道这样，我应该请你把我家里的面包变来，真是对不起呀！"国泉懊悔地说。

"给人家做半天工，也不算什么！靠自己努力得来的东西才是最可贵的！喏，我先送你回家！"大圈小圈说完，又拉起国泉的手。

特别的伙伴

像来的时候那样，呼呼呼地，国泉很快地又回到那个小公园里。

"再见了，国泉！"大圈小圈跟他道别。然后，它翻着筋斗，离去了。

国泉默默地回到家里。

他又把英文读本拿了出来。他想，这个时候，大圈小圈或者已经变成一个青年人，在快餐店里做工了！唉，又没有问清楚到底是哪一家快餐店。

"喂，蠢猪，你又做错啦！"

——电台的某个节目主持人不知怎的说了这么一句。虽然听起来像是说笑，但国泉也皱着眉把收音机关掉了。他翻开了英文读本，专心致志地温习起来。

牵手阅读

国泉在大圈小圈的敦促下开始认真学习了，相信他的英语一定会有所进步，慢慢跟上老师上课的节奏。不仅如此，他也懂得了要用劳动换取食物、不嘲笑别人的道理。好朋友可以帮助我们成为更好的自己。你的生活中有没有这样一个好朋友呢？

童年的朋友

［苏联］维·德拉贡斯基

我十岁的时候，还根本不知道我在这个世界上到底要干什么。周围的人和各种工作都使我喜欢。

有时，我想当一名天文学家，为的是每天晚上不睡觉，用望远镜观察遥远的星星。有时，我又幻想当一名远航船长，到老远的新加坡去，到那里为自己买一只逗人的小猴儿。有时候呢，我渴望变成地铁司机，好戴上一顶神气的帽子到处走走。

我也曾如饥似渴地想当一名美术家，在柏油路上为来往飞驰的汽车画白色的行车线。有时，我觉得当个勇敢的旅行家也不坏，像阿连·蓬巴尔那样，光靠吃生鱼横渡四大洋。不错，这个蓬巴尔，旅行结束后体重减了二十五公斤；我呢，体重总共才二十五公斤！要是我也像他那样去远渡重洋的话，旅行完了，我的体重就只剩下一公斤了。万一我再捉不到一两条鱼呢，也可能瘦得更厉害些呢！我把这笔账算完之后，便决定放弃这个念头。

第二天，我已经急着要当一个拳击家了，因为我在电视里看了一场欧洲拳击冠军赛。拳击家们你来我往打得真来劲！接着又播放了他们的训练情况。训练时他们打的已经是沉重的皮制的"梨"了，那是个椭圆形的有分量的沙袋。拳击家们使出全身的力量来打这个"梨"，为的是锻炼自己的攻击力。我看上了瘾，也想成为我们院里最有力气的人。

我对爸爸说："爸爸，给我买一个'梨'吧！"

爸爸说："现在是一月，没有梨。你先吃胡萝卜吧。"

我大笑起来："不，爸爸，我要的不是那样的梨！你给我买一个平常练拳用的皮子做的那种'梨'吧！"

"你要那个干吗？"爸爸问。

"练拳呗。"我说，"我要当一个拳击家啊！"

"那种'梨'多少钱一个呢？"爸爸问。

"值不了几个钱。十卢布，要不就是五十卢布。"

"没有'梨'，你就随便玩点别的吧。你反正什么也干不成。"说完，他就上班去了。

爸爸拒绝了我的要求，我很不痛快。妈妈马上看出来了，立即说："我有一个主意。"她弯下腰，从长条沙发下面拖出一个大筐，里面装着一些旧玩具。那些旧玩具我已不爱玩了，我长大了嘛。

妈妈在筐里翻腾起来。她翻腾的时候，我看见掉了轱辘的小电车、哨子、陀螺、船帆上的碎片以及其他许许多多的玩意儿。突然，妈妈从筐底下发现一个胖乎乎、毛茸茸的小熊。她把小熊扔到沙发上，说：

"你看，这还是米拉阿姨送给你的呢。你那时刚满两周岁。多好的小熊，瞧那肚子多大，哪一点比'梨'差？比'梨'还好嘛！用不着买'梨'了。你练吧。"

这时有电话找她，她便到走廊上去了。

我真高兴，妈妈想的主意这么好。我把小熊放到沙发上，摆好，以便打起来顺手些。我要拿它练拳了。

小熊坐在我的面前，一身巧克力色。两只眼睛一大一小：小的是原来的——黄色，玻璃做的；大的白色——是用一个纽扣做的。小熊用它那不一样大的眼睛十分快活地瞧着我，两手朝上举着，似乎在开玩笑，说它不等我打就投降了……

我瞧了它一会儿，突然想起好久好久以前我跟它形影不离的情景来了。那时我走到哪里都拿着它。吃饭时让它坐在旁边，用羹匙喂它。当我把什么东西抹到它嘴上时，它那张小脸儿十分逗人，简直像活了似的。睡觉时我也让它躺在旁边，对着它那硬邦邦的小耳朵，悄声地给它讲故事。那时候，我爱它，一心一意地爱它。为了它，把命献出来我都舍得。可它，我往日最要好的朋友、童年真正的朋友，这会儿却坐在沙发上，它坐在那里，一大一小的眼睛对我笑着，而我却想拿它练拳……

"你怎么啦？"妈妈问道。她已经从走廊上回来了。"出了什么事？"

我也不知道自己怎么啦。我转过脸去，沉默了好长时间，为的是不让妈妈从声音猜出我的心事来。我仰起头，想把眼泪憋回去，稍微克制住了自己的感情以后，我说：

"没什么，妈妈。我不过是改变了主意，我永远也不再想当拳击家了。"

[宋光庆　译]

牵手阅读

成长不意味着跟老朋友渐行渐远，偶尔回头，你会发现他们依然和那些美好的回忆留在原地，等我们一起欢笑，再次重温曾经的快乐时光。结识新朋友，别忘老朋友，不管是藏着往事的老物件，还是童年时代的重要玩伴，愿你能在他们的陪伴下一路前行。

我把春天捉住了

　　本书编选过程中，得到了许多作者和译者的帮助，在此一并致谢。部分文章因编选需要，做了删改，特此说明。虽经多方努力，仍有部分版权所有人未能于出版前取得联系，我们将委托中国文字著作权协会代转稿酬及样书，联系电话：010-65978917。

图书在版编目（CIP）数据

我把春天捉住了 / 梅子涵编. — 济南. 山东画报出版社, 2020.5（2020.7重印）

（红气球世界儿童文学臻选）

ISBN 978-7-5474-3457-4

Ⅰ. ①我… Ⅱ. ①梅… Ⅲ. ①儿童文学－作品综合集－世界 Ⅳ. ①I18

中国版本图书馆CIP数据核字（2020）第060568号

WO BA CHUNTIAN ZHUOZHU LE

我把春天捉住了

梅子涵 编

项目统筹　王一诺

责任编辑　王一诺

装帧设计　李海峰

插图绘制　得豆文化

出 版 人　李文波

主管单位　山东出版传媒股份有限公司

出版发行　山东画报出版社

　　社　　址　济南市市中区英雄山路189号B座　邮编 250002

　　电　　话　总编室（0531）82098472

　　　　　　　市场部（0531）82098479　82098476（传真）

　　网　　址　http://www.hbcbs.com.cn

　　电子信箱　hbcb@sdpress.com.cn

印　　刷　山东德州新华印务有限责任公司

规　　格　155毫米×210毫米　1/32

　　　　　　6印张　6幅图　100千字

版　　次　2020年5月第1版

印　　次　2020年7月第3次印刷

书　　号　ISBN 978-7-5474-3457-4

定　　价　30.00元